[illegible]今日子的

西尾維新
NISIOISIN

譯／緋華璃

目次

第一話

今日子小姐的不在場證詞

1

鯨井並未刻意想要達成完美犯罪。他原本就不是偵探小說的忠實讀者，對於「完美犯罪」這個單字的意思，也沒有正確的理解——在染指犯罪的那一刻，就已經距離完美十萬八千里遠。再說，倘若真有所謂的完美，鯨井就不用退出游泳界了——發生在他身上這種有付出卻得不到回報的現狀，早已證明這個世界本來就是不完美的。

然而要說「即使不完美也必須追求完美」也有一理，縱然無法讓整體都達到完美無瑕，倒也不是無法讓各個部分趨近於完美——鯨井是這麼想的。否則這一切也太辛酸了。而且只要讓一部分完美，或許就能塑造出整體也很完美的假象。

說得極端一點，不管留下多少證據，不管動機多麼明確——只要嫌犯的不在場證明牢不可破，法律就無法將他定罪。

不在場證明——沒錯，就是不在場證明。

案發時不在現場的證據。

真正需要的，說穿了，只有這點而已。

因此，為了製造牢不可破的不在場證明，鯨井在今天下午三點左右走在鬧區街頭——只不過，他並沒有具體的計畫。只是以完美為目標，不管三七二十一地先採取行動再說，真的沒有什麼縝密的計畫——鯨井有點神經質地想，萬一把行動安排得太仔細，可能會留下他企圖製造不在場證明的痕跡。更何況事情一旦曝光，本來鯨井就是一定會被懷疑的，所以再怎麼神經質也不為過。

說到最確實的不在場證明，無非是讓不特定多數的人目擊到他，為他證明「他的確在那裡」——然而，世人其實意外地對別人視而不見。鯨井又不是名人，如果要在不特定多數人的「眼」中留下印象，就只能採取怪異的行徑了，例如在大馬路上胡鬧之類的。但是他盡可能想避免如此引人側目的方式。要是以不尋常的方式受到矚目，可能會對後來的行動造成阻礙。

有鑑於此，他希望盡量能以自然的感覺讓第三者留下印象——第三者。

是呀，當然必須是第三者才能為鯨井的不在場證明作證——而且愈是無關的第三者，他的不在場證明愈完美。

聽說用家人的證詞做為不在場證明是不易被採信的。這麼說來，朋友的證詞也絕對不算不上是有力吧。因此，鯨井想找個一不沾親、二不帶故，最好是初次見面的人。

鯨井一邊思考這件事，一邊在人來人往的街道上徘徊。突然，他停下了腳步。正確地說，是停下了目光——他的目光停留在一名坐在露天咖啡座裡閱讀文庫本，一面優雅地喝著咖啡的女性身上。

簡直是美如畫的身影。因為那一頭白髮，讓鯨井一瞬間錯判了年齡，但是再仔細一看，她似乎是與鯨井年紀相仿的女性。如果是為了追求流行而染白髮也太古怪……然而，及膝的緊身裙搭配七分袖絲質襯衫的打扮，散發出落落大方的氣質。戴著的眼鏡，也有種說不出的知性。

「……」

當然，對鯨井來說，證人並不是非她不可——是誰都無所謂。可以是坐在隔壁桌的人，也可以是坐在對面那桌的人。然而，要是在挑三揀四之時，錯過他想製造不在場證明的時間——下午三點，那可就一點意義也沒有了。

想來，那名白髮女子可以說是再適合不過的對象。髮型那麼有特色，改天也比較容易找到才是，再加上她還是個美人胚子。

她必定能證明我的無辜——鯨井這麼想著，展顏一笑，走上前去。

連她是誰都不知道。

2

「請問這裡有人坐嗎？」

鯨井問道，同時拉開白髮女子正前方的椅子——只見她將視線從正在閱讀的書本裡抬起，看了他一眼。

「請坐。」女子答應得意外爽快。「我正想找人聊聊天。」

原本想要先發制人的鯨井，結果反而感覺自己像是被將了一軍，但對方既然都這麼說了，沒有理由不坐下——鯨井瞄了一眼手表，坐下來。

他接著跟走過來的服務生點飲料——不過，菜單上的品項全部是咖啡，各式品種分類列了一大排，卻沒一種是鯨井聽過的。

這裡是咖啡專賣店嗎……乍看之下，白髮女子手邊的咖啡杯中毫無加過砂糖或奶精的痕跡。看樣子她喝的是黑咖啡——跟她外表給人的輕柔印象不太一樣。倒也不是要與之抗衡，但鯨井也點了一杯黑咖啡。

「你一個人嗎？還是正在等人？」

「一個人。我基本上都是一個人。」

只見她闔上看到一半的書。

書本包著看起來應該是手工製作的書衣，所以看不見書名。

「今天的我下午不用工作，時間多得不知該如何打發。不過嘛，這也是常有的事。」

「工作……嗯，你的工作是？」

平日下午坐在這，應該不會是上班族吧——不過，這點鯨井也差不多。

「嗯，細節請恕我無可奉告，總之就是受託進行各種調查。只是沒想到今天的調查在中午以前就結束了……工作效率太高也挺傷腦筋的呢。」

女子悠哉地說道——她的一舉一動看起來優雅從容，一點都不像能夠迅速處理工作的人。調查……是做什麼問卷調查嗎？的確，要是被這麼標緻的美人叫住，無論是什麼問卷，都會停下來回答吧。

「您又是做什麼的呢？」

「我在游泳教室當教練。」鯨井表明身分。

「喔，難怪，我就覺得您身材很健壯，是因為工作所以有練過呀。」

她這麼說讓鯨井頗意外，自己的打扮應該沒有多強調身體線條才是……

「該怎麼稱呼你呢？我叫鯨井。」

「我叫今日子。請多多指教。」

「今日子小姐。」

居然這麼輕易地問到名字，把鯨井嚇了一跳，也因此不禁沒頭沒腦地復誦了她的名字。這個人——今日子小姐——對於素未謀面、萍水相逢的男性，難道都沒有戒心嗎？鯨井曾認為只要到時候能幫他做出不在場證明，縱使女子的態度冷若冰霜也無妨……但出乎意料地，這狀況似乎大有可為。不過，與其說是「沒有戒心」，感覺該說她是「遊刃有餘」會比較正確——有種不管發生什麼事，都能靠自己本事解決的從容。

說不定「今日子」也根本是假名——就算是那樣，鯨井也無所謂。

「今日子小姐，你常來這家店嗎？」

鯨井啜飲著店員送上來的咖啡（附帶一提，以鯨井的常識為基準，這杯咖啡的價格貴到匪夷所思）邊問（同樣以鯨井的常識為基準，這杯咖啡的苦澀和酸味也是匪夷所思）。

這個問題不只是出於好奇。

萬一今日子小姐是外地人、萬一她是第一次來到這個城市的這家店，鯨井擔心接下來要追查她的下落會有困難——或許是他杞人憂天吧，但是為了製造出完美的不在場證明，還是小心駛得萬年船。

「呵……你猜呢。」

然而，今日子小姐卻來了個顧左右而言他。

「看店員的態度，你好像是常客，但其實我也不知道。」

「……？哼，是嗎？」

被她微笑著回了這麼一句，鯨井也不曉得接下來該怎麼出招——不過既然中午以前還在這一帶工作，想必應該不至於住得太遠。到底是才剛認識，實在不能連地址都打探……

考慮到與不在場證明的證人之間應該保有的適當距離感，還是不要問她電話號碼或郵件信箱比較好。應該要謹守與她建立「萍水相逢的關係」。雖然覺得有點可惜，但反正遲早會再見面，現在就耐著性子從長計議吧。

總之，現在先專心製造不在場證明。

「你在看什麼？」

鯨井指著今日子小姐闔上放在一旁的書——是一本有點厚度的文庫本。老實說，他一點興趣也沒有，但是又不能讓話題戛然而止。

「推理小說。須永晝兵衛的短篇小說……你看過嗎？」

今日子小姐拉開書衣，讓鯨井看封面，想也知道是他沒看過的書——就連書名也沒聽過。然而「推理小說」這個名詞讓他忍不住心驚肉跳了一下，畢竟他正在製造不在場證明——

「好看嗎？」

「很好看喔。我大力推薦。尤其我剛才看完的短篇〈改心刑〉，實在真是篇傑作。」

「哦？是什麼樣的故事呢？」

「這我可不能說，說了就破哏了。這可是推理小說的大忌。」

「有什麼關係，告訴我嘛。」

「不行。」

鯨井其實也沒那麼想知道，只是被如此頑強地一再拒絕，反而會更加好奇也是人之常情。

「那就在不會破哏的範圍內。」

「因為是短篇小說，不管怎麼說都會破哏的……算了，硬要說的話，就是被捕的兇手後來改過自新的故事。」

這樣有說也等於沒說。

只能自己看了嗎……鯨井心想，總之把書名和作者寫進手機的記事本。老實說他不認為自己會有機會看，但或許會有什麼幫助也說不定。

「除此之外，還有什麼推薦的推理小說嗎？」

既然她的興趣是閱讀，只要問她對於自己喜歡的書有什麼感想，就足以消磨時間了。但是照這樣看來，推理小說的破哏風險可能會成為瓶頸，讓今日子小姐噤口不言，所以鯨井就像這樣改變了提問的方式——而這個策略似乎奏效了。

「我喜歡的推理小說都是出版很久的書……這樣也沒關係嗎？」

「嗯，沒關係。」

「那麼……」

今日子小姐於是娓娓道來。

鯨井則是全神貫注地聽她說話——目的當然是為了製造不在場證明，但或許多少也是因為興高采烈地介紹著自己喜歡哪些書的今日子小姐，看起來非常有魅力。

3

在那之後，鯨井和今日子小姐講了整整一個小時以上的話。老實說，相得甚歡到讓他想一直跟她聊下去，不過這樣可就本末倒置了。

「啊……糟了。抱歉，我晚上還有約，得先告辭了。」

豈止像是想找藉口離開，根本一整個不自然——但鯨井還是開了口。他拿起兩人份的帳單，起身離席——今日子小姐只應了聲「這樣啊」，也沒有特別挽留。

說來在臨別之際，今日子小姐雖然笑咪咪地揮著手，卻說出「那麼，下次有緣再見面時，你要再從頭追求我喔」這般難以揣測其用意的詞句。或許鯨井突然離席，還是令她不太開心吧——但這也無可奈何。

再拖下去，讓別人先發現「現場」可就糟了——第一發現者非得是鯨井不可。甚至說他就是為了成為第一發現者，才企圖製造完美的不在場證明也絲毫不為過。鯨井心急如焚地快步走向最近的車站，跳上電車。

沒花多少時間，鯨井便抵達了目的地——宇奈木住的公寓，並且前往這棟公寓的702號室。那是他過去曾經頻繁造訪的房間，甚至連備份鑰匙都有一份，沒什麼好猶疑的。

可是儘管這麼想，鯨井還是很緊張。「現在回頭還來得及」、「肯定還有其他的辦法」之類的誘惑，讓他差點招架不住——然而，他的心裡也很清楚，那都是不可能的。

已經不可能再回頭了。

只能做該做的事，布該布的局——他作勢摁下702號室的門鈴，想也知道不會有人應門。再摁了兩、三次之後，才總算從口袋裡拿出備份鑰匙。

由上而下依序解除兩道鎖，把門打開。在昏暗中脫下鞋子一腳踏進去的瞬間，他就已經下定決心了。不過與其說是下定決心，不如說是他的感情已經死絕了會比較正確。

自己是第一發現者，所以不用擔心指紋的問題——打開一進屋就可看到的浴室門，沒有半個人——只見插在洗臉台插座上的電線拉成一直線，往泡澡間的方向延伸。通往泡澡間的折疊式拉門夾著電線，並未完全關緊。

鯨井照樣拉開那扇門，從洗臉台延伸過來的電線，就這樣伸進水中——連著吹風機浸在偌大的浴缸裡。而就如他所料。

如他所料。

宇奈木死在浴缸裡。

電死……他的痛苦只是一瞬間嗎？還是持續很久呢？沒有體驗過的鯨井終究無從得知。總之他靜靜地從長褲口袋裡拿出手機，有生以來第一次，打電話到那支不用輸入密碼就能撥打的號碼。

然後盡可能用充滿慌亂的語氣這麼說。

「喂……喂？警……警察局嗎!?有人死掉啦！」

4

負責偵訊鯨井這個第一發現者的，是個長相猙獰，名叫肘折的警部。因為他長得實在太猙獰了，甚至讓鯨井猶豫了一下該不該解開門鏈——沒想到現實生活中，真的有這種長得活像是漫畫人物的警察，還以為自己闖進了虛構故事的世界裡——但這也可能是因為他還沒有完全回到現實裡來。

肘折警部以從他那外表完全看不出來的紳士態度，向鯨井詢問發現屍體的來龍去脈——還考量鯨井發現「朋友」屍體的心情，多所體恤。該說是人不可貌相，還是人不該心存偏見呢？這讓鯨井甚至產生了罪惡感。

話說回來，都在做偽證了，會產生罪惡感也只是理所當然。

「受邀前往對方家，去了以後意外發現『朋友』死在浴室裡」——這是鯨井證詞的主旨，此外他也沒多說任何話。想要自圓其說反而會露出馬腳。動腦是警方的工作，不是鯨井的工作。

想當然耳，警方並未當場問他不在場證明——目前這件事大概還被視為發生在浴室的死亡意外，在驗屍報告出來以前，也無從推定死亡時間。今天在露天咖啡座製造的不在場證明，大概要等到明後天才會產生效果。

屆時如果還有機會見到今日子小姐，得要為中途離席的失禮行為道歉才行——鯨井心裡想著這些有點失焦的事，離開了案發現場。

而該說真不愧是警察嗎？警方的動作比他預想的快很多，肘折警部和兩個部下隔天就找上鯨井的住處。也罷，「在浴室裡吹頭髮不慎觸電身亡」這種故事本來就有點牽強，馬上懷疑是凶殺案也沒什麼好奇怪的。

不要緊。不管故事再怎麼牽強，只要有完美的不在場證明，誰都無法判鯨井有罪。

「鯨井先生，不好意思，你和被害人宇奈木先生之間的關係，似乎稱不上朋友——以前你們之間的友情或許好到他會把備份鑰匙給你，但現在的關係聽說非常惡劣。」

警方用了被害人這個詞彙。宇奈木那傢伙是被害人嗎……總覺得聽起來有點怪怪的，讓鯨井忍不住想要搖頭。

「因為宇奈木先生的關係，害你被逐出游泳界，你似乎見人就抱怨這件事對吧……還聽說你和宇奈木先生這陣子幾乎處於絕交狀態。儘管如此，你昨天還去拜訪宇奈木先生嗎？」

鯨井早就料到事情會變成這樣。警方只要稍微向宇奈木身邊的人打聽一下，就能輕易地掌握到這個事實——早知如此，他就不該隨便說宇奈木的壞話。只可惜鯨井並沒有預知能力。

「我說了，是對方找我去的……我想彼此都是大人了，也該忘記過去的仇恨，若能重修舊好也不壞。」

「聽說你欠宇奈木先生錢是真的嗎？」

插進來說這句話的，不是肘折警部，而是他身後的部下。瞧他那血氣方剛的表情，他似乎已經認定鯨井就是兇手——這人該不會是宇奈木那傢伙的粉絲吧。

他不記得自己向宇奈木借過錢，也許在交情還不錯的時候，曾向他借過一些生活費也說不定——可是警方居然會問起這個，感覺有點搞錯方向。

「查過他的房間之後，發現有大筆現金不見了。鯨井先生，雖然你說自己在運動中心擔任教練，但其實是代班的非正職，幾乎沒有排班——你是否正在為錢煩惱呢？」

沒想到會被說得像是無業遊民一樣，不過，既然對方將滿腹狐疑表現得這麼露骨，他也樂得繼續照劇本演下去。

「我不曉得。難不成你們是在懷疑我嗎？」

「抱歉。是我管教不周。」

肘折令人意外地低頭道歉——面目如此猙獰的警部向他道歉，反而使他亂了方寸。如果肘折是故意為之，那還真是不容小覷。

「我們只是想消除所有的疑惑罷了。所以是否能請鯨井先生說明一下，昨天下午三點左右，你在什麼地方？做些什麼呢？」

「這是在確認所謂的不在場證明嗎？」

鯨井噗哧一笑，這麼答道。演技輕佻地就差沒把「還真是跟在刑警片裡看到的一樣呢」說出口——但「那個場景」不過只是日常中的一個鏡頭，馬上想起來也不太自然。應該要先假裝回想一下才是。

「如你所說，我的工作不太穩定。嗯，我的確是想給宇奈木買點伴手禮，所以提早出門，在外面晃來晃去……」

「伴手禮？」

「啊，不過我最後什麼也沒買。雖說是久別敍舊，我也不想讓他以為我故意討好他……」

「你一個人去買東西嗎？」

管教不周的部下問道。

「嗯，所以沒有人能為我做不在場證明……」鯨井說到這裡，裝出一副猛然想起似的模樣。「啊，可是，對了，這麼說來……三點左右對吧？宇奈木那傢伙是在這個時間遇害的嗎？」

「還不確定是否為他殺。別問那麼多，請你回答問題就好。」

肘折警部制止探出身子威嚇的部下，繼續以充滿紳士風度的態度問道。

「你剛才說『這麼說來』……請問是什麼意思呢？」

「我叫住一位女士。大概是三點左右吧……我們聊了一陣子。」

「女士？是嗎。是你認識的人嗎？」

「不，是初次見面的人……」

還去把妹喔——另一個部下不屑地説。到底是幹警察這一行，價值觀有夠死板板。對於被形容成把妹這種下流行為，鯨井也很不以為然。

「我們只是一起喝咖啡而已，時間也只有一個小時左右。分開的時候也沒向她要電話，應該無法成為不在場證明吧……」

「不，請鉅細靡遺地告訴我店名和那位女士的特徵。我想應該可以向她求證。」

那當然。不行的話就麻煩了。畢竟把求證的工作交給警方，可是這個完美不在場證明的關鍵。

「不好意思，我不記得那家店的名字了，也忘了有沒有拿收據……」

「那你記得地點嗎？」

「記得。畢竟是昨天的事，不可能馬上忘記——」

鯨井以不至於太刻意的態度，支支吾吾地從最靠近的車站開始說明店的位置。肘折警部的部下立刻用手機的地圖應用程式輕而易舉地找到那家露天咖啡座的地點，看來倒也不是完全管教不周的樣子。

「嗯。那麼，那位女士是個什麼樣的人呢？」

「呃……年紀大概跟我差不多，但是滿頭白髮──」

「什麼!?」

那一瞬間，始終保持紳士態度對待鯨井這個「嫌犯」的肘折警部突然錯愕地大喊一聲。鯨井對他突來的這一吼大惑不解，但又不曉得是什麼刺激到他，只好繼續說下去。

「是個滿、滿頭白髮，氣質落落大方，很冷靜，戴眼鏡的時髦女性……邊看推理小說，邊喝著黑咖啡。名字、名字是……」

「今日子小姐。」

被搶先一步說出來了。

鯨井大吃一驚──他怎麼會知道？

無視於鯨井的驚訝，肘折警部——還有他那兩個部下，全都雙手抱頭，一臉苦悶。

到底是怎麼回事。從他們的態度來看，他們似乎認識「今日子小姐」，再不然也認識像是今日子小姐的女性。既然如此，求證起來就省事多了。原本是件可喜的事，但又看他們個個抱頭，事情似乎沒這麼簡單。

還是因為鯨井身為頭號嫌犯的不在場證明想必能成立，所以為此悲嘆不已呢？鯨井這麼想，但是肘折警部好不容易再度開口時，他所說的話卻與鯨井的預期正好相反。

「鯨井先生，你和那個人喝咖啡是昨天的事吧？那麼，雖然很值得同情，但是你的不在場證明是無法成立的。」

「啥？」

「因為那個今日子小姐——掟上今日子小姐是忘卻偵探。」

忘卻——偵探？

5

「什麼？完全不認識。鯨井先生？誰啊？完全不記得。我不記得前天去喝過什麼茶還咖啡。不管是在上午還是下午，我到底做了些什麼，我一概不知道。」

第二天一早，被請到警察局來的忘卻偵探果然給了這般意料中的回答，肘折警部與昨天在鯨井家門口時同樣，再度抱頭苦悶——忘卻偵探。

置手紙偵探事務所所長——掟上今日子。

滿頭白髮，戴眼鏡，氣質落落大方的年輕女性——穿著非常時尚又有品味，據說從來沒有人見她穿過同一件衣服。還有人將她當成偶像崇拜，雖然是所謂的「名偵探」，但在名偵探之中也算是特立獨行的存在。

「……話說回來，你又是誰？好像找朋友出來一樣找我來，我們以前是在哪見過嗎？」

她一頭霧水地這樣問——這句話讓肘折警部全身無力。不誇張，過去跟今日子小姐同生共死的棘手案件——像是「三連續綁架撕票案」或是「信號亡命未遂事件」——都是他的警察人生之中印象深刻的記憶。但本人卻每次見面都用這種充滿距離感的態度跟他說話，即使已經聽過再多遍，依舊不是件愉快的事。就算理智知道那是忘卻偵探的特徵，也始終無法淡然處之。

「我叫肘折，肘折警部。以前曾經和你一起共事過。」

「是嗎。居然曾協助警方辦案，當偵探實在太好了。這真是我的榮幸。」

今日子小姐有點答非所問——然而，她又接著說。

「可是，那些我都已經忘了，所以請不要對我舊事重提。嚴格遵守保密義務是偵探的職責，所以我不能記得任何自己做過的工作。」

掟上今日子——就是這麼回事。

肘折警部並非腦部的專家，並不了解這方面的正確理論，只能當成是一個事實——今日子小姐的記憶每天都會重置——她無法累積經驗。

無論度過什麼樣的一天，到了第二天早上便會忘得一乾二淨——無論解決了多麼棘手的案件、介入過什麼樣的機密，都不會記得。

在這個深怕個人資料或機密情報外洩的時代，再也沒有比這樣更能嚴格遵守保密義務的方法了——所以置手紙偵探事務所在業界內確立了獨樹一格的地位，無人能望其項背。

雖然不能大聲說，就連警察組織的高層，也曾多次受到她的照顧。警方求助民間的偵探——這種事原本是不容許發生的，不過，反正受到委託的偵探會忘記受託過的事實，所以也不會演變成牽扯不清的利益輸送。

由此可知，忘卻偵探在某些情況下是非常珍貴的幫手——只不過，一旦要以不在場證明的證人身份參與案件之時，則又另當別論了。

與其這樣，要是嫌犯有牢不可破的不在場證明，可能還比較好解決——當然，只要仔細詢問那家露天咖啡座的店員，或是檢查附近監視器的影像，也許也能驗證他的證詞，但最重要的那個「和嫌犯面對面說過話的人」如果完全不記得這件事，問題就大了。

肘折警部這輩子從未見過這麼不完美的不在場證明——話雖如此，責備眼前的偵探也無濟於事。

「我明白了。今天這麼一大早就讓你跑一趟真不好意思，今日子小姐——謝謝你。」

「好說。沒能幫上你的忙真不好意思。」

今日子小姐說完，就這麼坐著深深地低下頭去，頭低到幾乎都要撞上桌面了——而且一逕低著頭，遲遲沒有要抬起那滿頭白髮的意思。

你不用這麼自責——肘折警部正要打圓場，但是仔細想想，今日子小姐根本不記得那件事，自然也沒有感到自責的道理，那麼她這個道歉，應該只是做做樣子而已。

在肘折警部陷入沉思的當口，今日子小姐終於抬起頭來，笑容可掬地看著他——為何要笑臉相對？

「……呃，今日子小姐。」

「有，什麼事？」

「這……我已經沒有事要請教了，你可以回去了啊？」

「是嗎。」

說歸說，但偵探卻絲毫沒有準備打道回府的樣子——甚至不打算站起來。只是保持沉默，用眼神傾訴著什麼。

「請問，你還有什麼事嗎？」

「啊，沒有，只是你這樣拚命催我，我也必須斟酌再三才能開口。」

今日子小姐一副「就在等你這句話」的態度。

「身為一介市民，我對於無法幫上警方的忙感到非常抱歉。因此，可以讓我置手紙偵探事務所的所長——掟上今日子助警部一臂之力嗎？雖然只是棉薄之力，但我可以幫忙調查這個案子喔。」

「你、你是說……你願意幫忙嗎？」

「是的，當然我也會嚴格遵守保密義務。」

今日子小姐說出其身為忘卻偵探的招牌宣傳詞——這可真是充滿魅力的誘惑。可以說是求之不得——不談什麼保密義務，置手紙偵探事務所之所以受到警方重用的理由，主要還是因為這位名叫掟上今日子的偵探，本來就具有出類拔萃的本事——沒本事的話，口風再怎麼緊也無法受到重用。

無論什麼樣的案子，都能在一天內解決，速度最快的偵探（也是因為如果要花到一天以上，她就會忘記案子的內容）——這樣的今日子小姐，居然願意免費協助調查。

「咦？什麼免費協助？」

今日子小姐一臉「你在說什麼莫名其妙的話啊」的表情，清楚明確地把醜話說在前頭。

「大人怎麼可能無償做事？不過要是現在委託的話，我可以給你特別優惠，消費稅我自己吸收。」

「……這種喊價的方式是違法的。」

她果然沒有一絲半點無法作證的愧疚，這一切只是大剌剌地在拉生意。以優雅從容的態度，精明能幹地撥著算盤。

這該說真不愧是職業偵探嗎……今日子小姐並不是基於好奇或關心在解謎的偵探。

「算了，你能讓我打九折，就要謝天謝地了。好吧，就正式請你幫忙，今日子小姐。」

肘折警部說完，伸手出去要和她握手，但當事人卻一臉茫然。

「消費稅……什麼時候變成百分之十的？」

6

雖說只有區區幾個百分比，但是不小心給了比預計還多的折扣，仍然讓今日子小姐痛悔不已。當她還在懊悔之時，肘折警部已經辦好手續。也就是他已經向直屬的上司取得「向民間的偵探業者請求協助」的許可——上司起初雖然面有難色，但一聽到對方是置手紙偵探事務所的掟上今日子，態度立刻有了一百八十度的轉變。上司也向上司的上司徵求同意，上司的上司繼續向上司的上司的上司徵求同意——一個小時後，所有問題全都迎刃而解。

除了由於忘卻偵探的能力早已受到肯定之外，純粹也是因為警界高層有很多這位才女的粉絲。

至於直接面對今日子小姐的肘折警部，則無法單純地稱之為粉絲，他反而因為今日子小姐實在很容易惹麻煩，對她有些敬而遠之……儘管如此，為了破案，即使稍微被她的任性要得團團轉，他認為也不值掛齒。

「死者叫宇奈木九五——是個游泳選手。你知道這個人嗎？」

肘折對好不容易才從議價失敗的打擊裡恢復過來的今日子小姐說，只見她搖搖頭，說了句「請恕我才疏學淺」輕輕否定。

這也難怪——或者該說是理所當然。

對於就連消費稅上漲的事都不知情——正確地說是忘了——記憶無法連貫的今日子小姐而言，她的知識從某個時期開始就沒有再更新。當然不可能會知道最近幾年才逐漸展露頭角的游泳選手宇奈木。

更別提嫌犯鯨井的事了。

「二十七歲嗎？還這麼年輕，真可憐。」

今日子小姐對著死者的大頭照合掌說道。還以為她會默哀個幾秒，沒想到她馬上接著問。

「死因呢？」

這方面的情緒切換之迅速，專業得就連警方也甘拜下風。

「在浴室裡觸電身亡……以在自己家裡死亡的案例而言，浴室算是最為常見的地點。但如果死因是觸電身亡，則又另當別論了。」

肘折警部說著，正要從調查資料裡拿出死者的屍體照片，卻頓時猶豫了一下。想到讓女生看這種屍體的照片會不會太刺激，使他有些遲疑。

「別擔心，警部先生。」反而是今日子小姐開口。「即使看到再淒慘的案發現場照片，我明天就會忘記，所以不會造成心理創傷的。」

對了，這也是忘卻偵探的優勢之一。忘卻偵探是和這種職業病無緣的——雖然不是非常有自信，但肘折警部的記憶力也還算與常人無異，所以只能從旁地想像——只要以「反正會忘記」的心態面對，或許人就不會再感到恐懼或厭惡了。

他也不確定這樣是不是一件幸福的事……至少身為偵探，可以冷靜地下判斷，不會受到情感的左右。

肘折警部遞給她幾張照片——是宇奈木死在浴缸裡的照片。

「哎呀，死者的表情比我想像的還要平靜呢。聽警部先生說是電死的，我還以為死時會雙眼圓睜，嘴巴大張呢。」

「也是有那樣的……但這次大概沒什麼痛苦吧。」

「游泳選手居然死在浴缸裡，聽起來好諷刺。嗯……但真不愧是運動選手，肌肉好結實。」

想當然耳，浴缸裡的宇奈木是赤裸裸的，對此臉不紅、氣不喘地進行檢視的今日子小姐——肘折警部原本認為這些照片對於女生而言過於刺激，結果似乎就連這點也是多慮。

「浴缸裡的是吹風機嗎？有電線延伸出來……嗯？也就是說，是在泡澡時不小心把吹風機掉進浴缸裡，因而觸電身亡？」

「警方一開始是這樣想的。可是……」

「不是那樣嗎？」

肘折警部點點頭。

不過，當然還無法確定必是如此。世上有很多莫名其妙的人會以令人難以置信的方式使用各式各樣的電器。不然家電產品的說明書就不會厚成那樣了——邊泡澡邊用吹風機吹頭髮的行為幾乎與自殺無異，但就算有膽大包天的勇者敢這麼做，或許也沒什麼好不可思議的。然後就算是勇者，也可能會不小心失手讓吹風機掉進浴缸裡吧。

「可是，實在很難想像前途無量的游泳選手會這麼窩囊……抱歉，死得這麼不光采。比起這樣……」

「比起這樣，假設有個第三者，把吹風機放進宇奈木先生正在泡澡的浴缸裡還比較合理，是嗎？」

這次連點頭都來不及。一再地被搶先一步，總覺得自己的推理很膚淺。

「若是如此，我也有同感。」或許是體察到肘折警部心中所想，今日子小姐又補了一句。「雖然是很與眾不同的殺人手法，但是比起打死或刺殺身體鍛鍊得很結實的運動選手，趁對方正在洗澡的時候偷襲，某種程度上來說算是很合理。畢竟全身赤裸也比較難反抗……」

「……今日子小姐剛才說游泳選手死在浴缸裡是件諷刺的事，其實更諷刺的是，聽說宇奈木先生在粉絲之間素有『泳池畔的鰻魚』之稱呢。」

「鰻魚（UNAGI）？哦，因為是宇奈木（UNAGI）先生嘛。可是，這有什麼好諷刺的？」

「欸，因為電鰻……」

「……原來如此。畢竟觸電身亡。不過，電鰻並不是鰻魚喔。」

所以要這樣穿鑿附會，有點過於牽強呢——被今日子小姐這麼一說，肘折警部感覺自己實在好糗，可是他馬上重新打起精神。

「因此，警方認為這可能是與死者關係親近的人刻意所為……於是我們立刻將宇奈木先生身邊的關係過濾一遍，沒想到第一發現者，同時也是死者的朋友，就是最可疑的嫌犯。」

「對於像我這種偵探而言，懷疑第一發現者就像是常識一般……那位先生就是和我喝咖啡——正確地說是請我喝咖啡的鯨井先生嗎？」

「是的，就是鯨井留可……他聲稱自己是死者的朋友，但他們的友誼其實已經是過去式了，聽說自從某個時期以後就幾乎沒有往來。」

「……你是指他們變得疏遠嗎？」

「不只是疏遠，應該說是交惡，說關係糟透也不為過。雖然還無法判斷是否會因此萌生殺意……但是，這樣的人居然是第一發現者，這點實在不能等閒視之。」

「的確不能等閒視之呢。」

今日子小姐聳聳肩說。

「如果是推理小說，反而會因為太過可疑，不會覺得他有嫌疑……但畢竟那是小說。只是，鯨井先生成為第一發現者並報警的時間，跟死者的推定死亡時間有出入對吧？才會找我替他的不在場證明作證。」

「你能舉一反三真是太好了。死者的推定死亡時間為下午三點五分。我想請教你的，就是鯨井先生當時的不在場證明。」

「三點……五分？推定死亡時間可以精準到以分鐘為單位嗎？」

今日子小姐一臉詫異地問道——這也難怪，只要沒有目擊到死亡的那一瞬間，推定死亡時間通常都會在幾個小時範圍內。即使發現得再早，應該也無法縮小到以分鐘為單位。

唯有這次，這點是辦得到的。

「因為屋裡的斷路器跳掉了。大概是在吹風機掉進浴缸裡的時候吧。」

「是喔。」

「結果搞得室內的電器全都停下來了——這使得從斷路器跳掉的時間，就能判斷出宇奈木先生觸電身亡的時間。」

「……這樣啊？可以知道斷路器是什麼時候跳掉的嗎……」

「比如說，像是預錄功能就在那一刻停止錄影啊。只要調查錄下來的電視節目中斷的時間……」

肘折警部說到一半，發現今日子小姐的白髮四周飛舞著問號——對了，必須先向她解釋預錄功能。那種錄影機和吹風機不一樣，是最近才問世的家電產品，所以不在今日子小姐的記憶範圍內。

「是喔，原來如此。可以連續幾天，二十四小時完整地錄下電視節目，真是驚人的功能啊。要是我也能有這麼優秀的記性就好了——可是這樣也只是知道斷路器跳掉的時間，不代表就能知道死者的死亡時間吧？」

「……？這兩者有什麼不同嗎？」

「可能有，也可能沒有。舉例來說，只要讓預錄功能在某個時刻停下來，或許就能假裝斷路器是在那個時候跳掉的……」

今日子小姐示範的推理讓肘折警部大吃一驚——當然，若以原理上來說就像是先撥動時鐘指針之後加以破壞那樣，與傳統的不在場證明有異曲同工之妙，但是剛剛才知道何謂預錄功能的今日子小姐，竟然能立刻建立起這樣的推理，果然是名不虛傳的名偵探。

「如果只有預錄功能，或許是這樣沒錯，但今時今日，房間裡多的是家電呢。要讓所有的定時裝置同時停止，我想並不容易。」

「這樣呀？嗯，這部分等一下到了現場再確認就好。鯨井先生……最可疑的嫌犯說他在推定死亡時間——三點五分的時候和我在一起嗎？」

「是的。」

「那他就不是兇手啦。」

「……如果你能證明他的不在場證明的話，的確就不是。」

先不管今日子小姐在言談之中似乎把這之後要帶她去案發現場當作是前提似的——那個不在場證明的確是個瓶頸。

即使不完美，嫌犯還是有不在場證明。

「我的證詞一點也靠不住。所以鯨井先生還是最可疑的嫌犯呢。」

今日子小姐講來滿不在乎。這麼一來，肘折警部甚至有點同情鯨井了——本來，應該再也沒有比名偵探擔保的不在場證明更完美的不在場證明才是。不過這也要他不是殺人犯，才值得同情——誠如今日子小姐所說，眼下他的確還是命案的頭號嫌犯。

「鯨井先生說是因為死者約他才去對方家吧？這件事求證過了嗎？」

「求證過了。手機裡有通話記錄。最近宇奈木先生主動找過鯨井先生好幾次——通話內容不得而知，但也可能是催他還錢。」

「如果是那樣，或許真會成為殺意的導火線呢。嗯……只是這麼一來的話，又會產生別的疑問了。」

「別的疑問？什麼疑問？」

「嗯，根據這份調查資料，鯨井先生以前曾是可以與宇奈木先生望其項背的游泳選手，目前也仍在運動中心當教練。由此可知，他對體力應該是有自信的。這樣的人會選擇這麼複雜的殺人手法嗎？」

這倒是肘折警部沒想過的著眼點——從這兩天見到鯨井的印象來看，他自游泳界引退之後，似乎也還毫不懈怠地鍛鍊身體。若說是工作需要，也多少是有需要吧。但是畢竟他那份教練工作也不是正職，或許單純只是現役時代養成的習慣。

總之，如果假設他採取趁人泡澡時電死對方的殺人手法，是為了避免與宇奈木正面衝突，倒是不太符合鯨井給人的印象。

「就算是有在練，可能也打不贏現役運動選手的宇奈木先生——或許兇手是這麼判斷的。如果是這樣，膽子還真小呢。」

「也可能是……為了以防萬一吧。」

「抑或是——」

今日子小姐將調查資料整疊放在桌上。看樣子，她已經全部看了一遍。

「需要用那種殺人手法來製造不在場證明。」

「用來……製造不在場證明？」

「雖然我無法作證，但如果鯨井先生的不在場證明是真的，事情應該就是如此——為了讓自己的不在場證明成立，他只能用這種方式下手。」

7

要帶身為一般民眾的今日子小姐進案發現場需要另行申請許可，所以抵達宇奈木家時已經過了中午。肘折警部鼓起勇氣約她吃午餐，卻被委婉地以「現在沒有那個美國時間」為由拒絕——不過，無法從事一天以上調查的忘卻偵探，沒有時間悠閒吃飯也是事實。也罷，能和她在警車裡排排坐吃甜麵包，就已經要謝天謝地了。

「一個被視為奧運金牌候選人的運動選手，居然住在這種……該怎麼說呢……還真是普通的公寓啊。因為是名人，我還以為他會住在保全系統更完善的地方。」

「真的在奧運場上拿到金牌的話，或許又會不一樣了……運動選手這個職業，似乎不像外表給人的感覺那麼有賺頭。」

當然，比起住在兩層樓老房子的鯨井，宇奈木的生活環境算是好得不得了了……看來知名度似乎不見得一定等於收入。

「大門不會自動上鎖，出入口也沒有監視器……電梯裡雖然有監視器，但是只要走樓梯，就可以避開了……宇奈木先生的房間在七樓對吧？」

「是的，因為是702號房。」

在進入現場以前，今日子小姐就已經開始蒐證，直到702號房前——警方的蒐證工作已經告一個段落，所以現在不再管制進出，也沒有人負責監視。肘折警部拿出向管理公司借來的鑰匙開門。

「宇奈木先生一個人住對吧？以獨居單身男性來說，他還真是租了個很大的房間呢。同樣的租金，應該可以找到設備更完善的套房才是。」

進屋後，從玄關看到好幾扇門的今日子小姐這麼說。肘折第一次來到這裡的時候，也有同樣的疑問。

「他的性格似乎很愛交際，為了可以邀請朋友或後輩來家裡，所以租了大一點的房子……嫌犯鯨井先生以前也經常來，所以才會有備份鑰匙。」

「照這樣說來，就不只是鯨井先生有備份鑰匙了吧……鯨井先生雖然是頭號嫌犯，但有第二、第三號嫌犯嗎？」

「這個嘛……從這個角度來看，鯨井先生或許可說是唯一的嫌犯。」

因此，如果他的不在場證明是真的，就會陷入沒有嫌犯的窘境了。

「考慮到現金不見這點，也不排除可能是強盜殺人，但因為沒有強行闖入的痕跡，也沒有哪扇窗戶被打破——而且浴室裡本來就沒有窗戶。」

「可是，如果他是死於意外，現金不見不就很奇怪了嗎？」

「這也不一定。畢竟是現金而非金銀珠寶，也可能是他自己花掉了。」

「換句話說，也不能排除意外死亡的可能性吧——嗯，我瞧瞧。」

今日子小姐邊說邊打開浴室門，再拉開通往泡澡間的折疊式拉門，往裡面探頭查看——雖然沒有就這麼穿著襪子直接踩進去，但動線還是一如往常地行雲流水，沒有任何累贅。讓肘折警部甚至心想早知道就該帶部下來，好讓他們向她學著點。

「浴室也很寬敞……泡澡間跟……浴缸都很大……」

今日子小姐邊說邊回頭，找到洗臉台旁邊的插座。彷彿正以目測的方式測量距離。

「我還以為吹風機的電線一般沒有這麼長……這個距離還滿不上不下的。插頭插在洗臉台的插座裡時，不見得能拉到浴缸吧。」

「剛剛好可以拉到喔。」

「拉是拉得到，但使用起來還是稱不上順手吧。就算急著把頭髮吹乾，也沒必要這麼勉強——如果不是超級樂觀的人，應該都會想到把電線拉得太緊，可能會讓吹風機掉進浴缸裡。」

「那麼，果然不是意外嘍？」

「天曉得呢……我只是覺得即便是做為殺人的工具，這電線的長度還是挺靠不住的。」

縱使要偽裝成意外死亡有些勉強，也必須要使用吹風機嗎——今日子小姐邊說邊脫下襪子。雖然只是脫襪子，但是脫的動作卻異常性感，搞得肘折警部下意識地趕緊移開視線——然而再轉頭看，她已經不見人影。原來她光著腳丫，已經在檢視泡澡間。

「嘿咻。」

今日子小姐毫不遲疑地坐進浴缸裡——因為沒有放水，不會弄濕，但是行動之大膽實在每每令人嘆為觀止。看樣子，她似乎想用跟死者同樣的姿勢來檢驗現場。

「今日子小姐，你有什麼假設嗎？」

「沒有，現階段還毫無頭緒。單純是想把所有想到的事都做一遍。」

今日子小姐邊說邊在浴缸裡伸展雙腿，摸摸水龍頭——以她嬌小的身材，這套系統式衛浴的尺寸剛好可以讓她伸直手腳泡澡。不過，竟然敢在才剛剛死過人的地方伸展手腳，只能說她的神經實在太大條了……即使是身經百戰的肘折警部，要他這麼做，也會嚇得裹足不前。

「嗯……」

今日子小姐抱著胳膊站起來，看表情顯然傷透腦筋，回到浴室的入口。

「搞清楚些什麼了嗎？」

「是搞清楚了一些事，但沒搞懂的事也變多了。」

今日子小姐說的話才令人搞不清楚，之後她又花了一個小時，翻遍宇奈木的住處——兩房一廳的每個角落。由於警方已經檢查過，所以她並未找到新的證據，但今日子小姐對於自己白忙一場，似乎也沒有太失望的反應。

「如警部先生所說，也沒有人從窗戶入侵的痕跡……不過，這個房間整理得還真乾淨，以獨居男性而言，似乎也太乾淨了……還是警方在蒐證的同時順便整理的呢？」

「不，警方並不會提供這麼貼心的服務……」

經她這麼一說，肘折警部才意識到這點。的確，宇奈木的住處十分整潔乾淨。與其說是偵探，這更像是女性特有的觀點——可是，他不覺得這跟命案有什麼關係。

「還不知道。或許不是宇奈木先生，而是兇手整理的。」

「為、為了什麼？」

「要是能知道這點的話，就不需要偵探啦。」

今日子小姐微微一笑，接著就往客廳裡的沙發一坐，簡直就像是在自己家一樣，姿勢極為優雅——剩自己一個人站著也不是辦法，所以肘折警部也在她的正前方坐下。

「雖然找不到有力的證據，但若是讓我就印象來說的話……」肘折警部才坐下，今日子小姐就開口。「鯨井先生涉嫌重大。即使不看他是第一發現者這件事，他也太可疑了。」

「這樣啊……比方說哪裡可疑呢？」

「摁了好幾次門鈴，都沒有反應，覺得很不對勁，於是用備份鑰匙開門進去——總之先將為什麼他手上有備份鑰匙的疑問擱到一邊，其實到這裡還好。可是當警部先生接獲報案趕到這裡的時候，鯨井先生是先把門打開，然後才解開門鏈的吧？一般人去到別人家，會鎖上門鏈嗎？」

「嗯……」

「照理來說，根本不會鎖門吧。如果需要鎖門，會是什麼理由呢？」

「因為不想受到打擾，或是鯨井先生正在屋子裡從事見不得人的行為——嗎？例如清理現場……」

「我不認為他有那麼多的時間打掃整個房間……但如果只是在浴室裡動些小手腳，或許就有可能了……例如湮滅證據之類的？」

不過這只是假設——今日子小姐補上這句。

的確，現階段就算逼問鯨井為何那時要鎖上門鏈，只要他推說「沒想那麼多」，警方就無法再追究下去了。

即使像推理小說那樣有再多的小疑點或矛盾之處，發生在現實生活中的案子，大部分的疑點矛盾都只要一句「沒想那麼多」就會被解決——這才真是不需要偵探。所以偵探必須著眼於更基本的疑問及矛盾才行。

「況且無論再怎麼可疑——不，愈是可疑的情況，愈要罪疑惟輕，這是法律的理念。基於無罪推定的原則，就算心證是有罪的，只要缺乏物證，就只能認為鯨井先生是清白的。」

「……」

「咦？怎麼？難道法律的理念和原則也像消費稅那樣早已不同，只是我不記得而已？」

「沒有沒有，不會的，怎麼可能。」

雖然身為警察不應該有這種想法——然而實際上，警察這一行幹久了，就會知道那既不是理念也不是原則，只不過是漂亮話，因此對於這社會感到絕望的同仁也大有所在。

在某些層面上，偵探的工作其實比警方更介於灰色地帶，今日子小姐居然能天真地說出這種話，著實令人感嘆——或許就算對這社會感到絕望，也能把它忘記的今日子小姐才能說出這種話吧。

只有忘卻偵探，才能毫無顧忌地體現「惡其意，不惡其人」。

「全都是一些假設，真不好意思，警部先生。如果鯨井先生的不在場證明成立，現在會是什麼樣情況呢？換句話說，如果我不是忘卻偵探，而是能好好地為鯨井先生的不在場證明作證的話。」

「那樣的話……」

又是個假設的問題，而且也不是光憑肘折警部的判斷就可以決定的事，不過基於經驗法則，還是能表達一下自己的見解。

「應該會把他從嫌犯名單裡剔除吧。只要不在場證明成立，不管再怎麼涉嫌重大，都不可能起訴——拘票也申請不下來吧。當然，必須仔細調查不在場證明的證人……也就是你是否為鯨井先生的共犯，是否為了包庇鯨井先生而做出偽證就是了……」

只是，以現況來說，今日子小姐沒有包庇他的理由——明知毫無意義，為了謹慎起見，還是做了調查，但是都找不到掟上今日子與嫌犯鯨井之間在前天以前的交集，他們兩人完全是初次見面——而且就算更早之前見過面，忘卻偵探也把這事給忘了。

「既然目前是這種情況，就應該尋找其他的嫌犯不是嗎？」

「……」

「嗯……」今日子小姐問到這裡，抱著胳膊，陷入沉思——她該不是在對於自己不能作證，害得別人無從洗清嫌疑一事而感到自責吧？

從肘折警部的角度來看，事到如今，反而覺得這個差點就成立的不在場證明充滿了斧鑿的痕跡——關於這點，當然還是得採取罪疑惟輕的原則。不管是理念，還是漂亮話什麼的。

然而今日子小姐卻這麼說：「我這就去向因為我的緣故，使得他無法從嫌犯名單除名的鯨井先生道歉吧。」

她一臉歉意——才怪，硬要歸類的話，不折不扣是惡作劇的表情。

8

純就「讓警方調查陷入混亂停滯」這點來說，鯨井的不在場證明還不算是一敗塗地，但是想當然耳，此時此刻的他也很難靜下心來過日子。

因為鯨井實在沒想到，他還來做為自己不在場證明的證人，居然會完全不記得這件事——但因為實在不可能設想到世上居然有忘卻偵探這種職業，也沒什麼好反省的。

這個世界還真是無奇不有。

既然眼下還沒有被限制行動，看來他的不在場證明暫時還不算是失敗的吧……雖然不算失敗，但也不夠完美，這使他覺得前途茫茫。要是能取得完美的不在場證明，無論自己再怎麼可疑，一切也就僅止於懷疑……

昨天為了排解煩悶，在網路上買了她看的那本書，當天就收到了書，一直看到深夜。與其說是排解煩悶，這個行為其實是為了證明他前天的確見到了那位白髮的女子，和她說過話——不過別說是推理小說，鯨井連鉛字本身也看得不是很習慣，結果光看完一篇短篇就精疲力盡了。

那天她看的那篇短篇小說，說很有趣要推薦給他的作品——須永晝兵衛的〈改心刑〉。

那是個奇妙的故事。

內容大幅度地偏離了鯨井過去看過的那些寥寥可數的推理小說、連續劇及電影等影像作品給他帶來的印象——鯨井在懸疑推理這方面並沒有深入的造詣，所以不敢說得太肯定，但他覺得這篇小說比起懸疑推理，更像是科幻或奇幻類的作品。

在很久很久以前，有個大壞蛋——是個只能用大壞蛋來形容，生來就是罪大惡極的人。傳說他把六法全書裡所有的犯罪全都幹過一輪，世上所有的犯罪都是他幹的好事，總之是個惡貫滿盈的人。

那樣的人也得迎接伏法之日。

被逮捕、被起訴、被判定有罪，當然也被判處了極刑——就算是堅決反對死刑的人權論者，也無不贊成他的死刑。

只有一個人例外。

那個人名叫反峰，是一位大名鼎鼎的心理學家兼外科醫生兼法官，一口咬定就算是像他那種大壞蛋，也不該只是處死了事。如果因為他是大壞蛋，才要殺死他的話，那麼只要他不再是大壞蛋就行了——

只要讓他「改心」就行了。

當然，大壞蛋之所以會是大壞蛋，就是因為從沒想過要改過向善，但反峰口中的「改心」，也並不是單純的「改過向善」之意，而就是字面上的意思——要把他「改造成有良心」。

最後，反峰不顧世人呼籲——像是「別做那種拖泥帶水的事，應該立刻執行死刑」之類的反對意見，為大壞蛋進行外科手術。

結果大壞蛋還真的重生了。

成了個懂得理解別人的心情、願意相信別人、為別人盡力、從純真的角度看事情、跟弱者站在同一邊、不傷害任何人、謙虛且心地善良的人——改頭換面成了一個好人。

於是，獲釋的大壞蛋變成大好人——

「有人在嗎？」

正當鯨井回想短篇小說的故事到一半，耳邊傳來敲門聲和女性的聲音。因為那聲音聽來悠悠，害他也沒想太多就把門打開。站在走廊上的是面目猙獰的肘折警部，還有就算對方忘了他——他也絕對不會忘記對方，滿頭白髮的「今日子小姐」。

「啊……呃。」

必須使盡全力，才能隱藏內心的動搖——不，別慌。今天那兩個管教不周的部下沒有跟來——顯然不是申請了拘票要來逮捕鯨井的。

相反地，他還帶著鯨井不在場證明的關鍵人物今日子小姐同行——從這點看來，或許不是那麼悲觀的展開——雖說已經忘了他，但是看到他的臉，說不定就會想起來，因此才帶她來找自己嗎？

如果是那樣，態度可不能太差。在當面對質的時候，態度最好還是友善一點。

「警部先生，還有……今日子小姐，對吧？請問有什麼事？是案情有什麼進展了嗎？」

「沒有，還在全力調查中……怎麼樣，今日子小姐？」

肘折警部這麼問她——是來當面對質的嗎？

「嗯……果然見了面還是想不起來呢。初次見面，我是掟上今日子。」

今日子小姐說道，低頭行了個禮。

真像是個惡劣的玩笑啊……若非這樣面對面，鯨井依舊半信半疑，可是她似乎真的把那天發生的事忘得一乾二淨了。

原本內心還有些彆扭，感覺對方是在嘲笑自己是個不值得記住的無聊男人，但想必事情並非如此——記憶每天都會重置的忘卻偵探。

你要再從頭追求我喔——臨別之際，她曾經這麼說。當時要是能更認真地傾聽這句話就好了，但現實就是千金難買早知道。

「我叫鯨井留可……雖然並非初次見面，你好，初次見面。」

「鯨井先生，前天下午三點左右和你說過話的女性，就是她吧？」

「是的，沒錯。」

鯨井如是回答肘折警部的再三確認——雖說只有鯨井單方面記得她，不在場證明是無法成立的，但是這麼有特色的女性，他也不可能認錯。

「今日子小姐，你真的不記得我了嗎？」

鯨井還是試著問了問。

「完全不記得，一點也不記得。」沒想到卻慘遭今日子小姐非常用力的否認。「對不起，鯨井先生。要是我能為你的不在場證明作證就好了——可以讓我們進去嗎？」

「咦？」

「進屋裡。外面好冷。」

「啊，嗯……可以是可以。」

「謝謝。」

由於對方拜託得太過於自然，於是鯨井也很自然地答應了，但是想想因為好冷就要求進到別人家裡，實在是個厚臉皮的要求。而且不只今日子小姐，還讓警察——肘折警部進到家裡，這顯然是個失策。

屋子裡並沒有什麼可疑的東西，所以鯨井覺得讓他們進來也無所謂，只是碰上這個白髮女子，自己總是會亂了方寸。

並不是總被她不動聲色地把話題岔開——而是感覺老是被她不動聲色地

踏進自己的世界。實際上，她也就這樣踏進自己的房間裡了……

「警部先生，你要喝咖啡嗎？今日子小姐是黑咖啡吧？」

鯨井一面準備飲料，一面不著痕跡地在談話裡夾帶前天見過面的訊息——今日子小姐趁他準備飲料的時候在屋裡東張西望，不知道是在看什麼。

「不過真是嚇了我一跳呢。沒想到今日子小姐竟然是個偵探。」

「前天的我沒說嗎？」

「你沒說。啊，不過，你說你的工作是調查……」

「是的。因為是偵探，調查就是我主要的工作。」

雖然覺得話都是她在說，但的確是鯨井自己誤以為她在做問卷調查。

偵探……回想前天的對話，今日子小姐好像很愛看推理小說，難道是因為崇拜名偵探，所以才會從事這份工作嗎？那樣的話，她或許正好來到為了「偵探的理想與現實」所苦的年紀也說不定。

雖然看起來似乎完全不以為苦……

忘卻偵探——嗎？

「我想請教鯨井先生兩、三個問題，可以嗎？」

當鯨井端出三人份的飲料放上矮桌的時候，開口問他的不是肘折警部，而是今日子小姐。

「嗯……好的，請說。」

鯨井又輕易地答應她了。

並不是他掉以輕心，只是今日子小姐發問的時機太巧妙了。

「可以請你詳細地告訴我，你發現宇奈木先生的遺體當時的狀況嗎？」

「我已經向這位警部先生說過一次了……」

「我是指詳細的說明。一字一句，鉅細靡遺的。」

「……」

雖然百般不願，但也找不到適當理由來拒絕——心想絕不能露出馬腳，卻反而因此更無法不答應她的要求。

鯨井一五一十地將發現當時的狀況告訴他們。而且還由於希望讓調查更加陷入混沌，故意說明得比今日子小姐所要求的還要鉅細靡遺。當然，關鍵部分依舊是隱瞞不表——對方應該不會注意到——不可能注意到的。

「唉，居然會發現朋友的遺體，一定很難受吧。還請節哀。」

今日子小姐如是說。在鯨井交代來龍去脈的過程中，她始終目不轉睛地盯著他看——比起他講了什麼，似乎更關注他怎麼講——至於感想則就像這樣，正常到不能再正常。

「嗯，我還想說久別重逢，心裡期待得很呢……」

「想說久別重逢，心裡期待得很——卻在去見他之前，向正在喝咖啡的我搭訕嗎？」

啊，打斷你說話真不好意思——今日子小姐裝糊塗。鯨井則心裡一驚。就連他自己也知道，這點在製造不在場證明上確實有些勉強——該說是沒辦法，或說這原本就是有些為難的部分，像自己這種血氣方剛的男人，居然會放棄繼續和今日子小姐這種女性聊天的機會，去赴宇奈木的約……

一般人大概會選擇放同性朋友鴿子，繼續和今日子小姐聊天吧——更何況宇奈木不過只是「以前的朋友」。

要是不在場證明能完美成立，鯨井認為這是個人心證，縱使有點可疑，也算不上瑕疵，但如今不在場證明變得這麼不完整，就只會剩下疑點。

話說回來，當他在露天咖啡座向正在看書的今日子小姐搭話的那一刻，心裡其實想著就算被她拒絕也無妨——鯨井原本打的如意算盤是想死皮賴臉地糾纏一個人喝咖啡的女性，這樣她本人和四周的人都會留下印象，只是做夢也沒想到，她居然會爽快地同意讓他併桌，還聊得挺投機的。現在想來這實在不是不幸中的大幸，而是大幸中的不幸。

「請別介意，是看到充滿魅力的今日子小姐，忍不住主動找你說話的我不好。聊得一起勁，當我想起和宇奈木有約，還真的倒抽了一口氣。」

雖然有點勉強，但也只能用這個藉口撐下去了。當然心裡也有「稱讚對方很有魅力時沒有人會不領情」的算計。然而今日子小姐只是一臉笑咪咪，對此沒什麼特別反應。

「可是，如果鯨井先生沒和我聊天，早點去找宇奈木先生的話，或許就能避免他死於意外了。」

「不，還是來不及吧。因為我和今日子小姐說話時，似乎就是那傢伙把吹風機掉進浴缸裡的時候。」

由於今日子小姐用了「死於意外」這個詞彙，鯨井反射性地順著她的話說，但是一旁的肘折警部卻一副嚴肅表情。面對那種表情所帶來的無言壓力，鯨井忍不住東想西想了起來。莫非這就是傳說中「好警察壞警察（good cop / bad cop）」那種白臉黑臉戰法吧——不，今日子小姐並不是警察……可是她向鯨井問話的內容，絕不輸給警方的偵訊。

「你上次造訪宇奈木先生的住處，是什麼時候的事呢？」

「嗯……好幾年前吧？太久了，我不記得了。有什麼問題嗎？」

「沒什麼。也就是說，鯨井先生終究沒能在宇奈木先生的生前再見他一面嘍？只通了電話？」

「……是的。有什麼問題嗎？」

「沒什麼問題，我只是在一一排除細小的疑點而已——無法為鯨井先生的不在場證明作證，我覺得非常抱歉，所以就想說能否來幫你洗清嫌疑。」

「喔……」

「畢竟調查是偵探的拿手好戲，希望能在這方面貢獻一份心力。」

「……」

她願意幫忙的話自然是感激不盡，但是鯨井還沒有單細胞到聽美人這麼說，就把她說的話照單全收。更何況今日子小姐剛才問的那些問題，無疑只是加深了鯨井的嫌疑。

「可是，電話呀……當然是行動電話吧？」

鯨井無法揣測「當然」是什麼意思，不過她剛才在室內東張西望，看來就是在檢視有沒有家用電話。說不定她也曾這樣檢視過宇奈木的家。

「你在約好的時間摁了好幾次門鈴，都沒有人應門，你覺得不太對勁，所以就用備份鑰匙開了門進去──是這樣嗎？」

「是這樣沒錯。」

鯨井把差點又要脫口而出的「有什麼問題嗎」吞回去──要是一直試探發問的用意，反而會很可疑。

「為何在進入宇奈木先生的家之前，不先打通電話給他呢？」

糟了——鯨井心想，不曉得臉上有沒有露出破綻——他連忙用「啊，說得也是。我一下子沒想到」來辯駁。事實上，要是被對方一下就逼問「即使是有備份鑰匙的人，沒打電話就擅自進入宇奈木的房間，豈不是非常奇怪的行為嗎」之類的，就會變成致命的失誤了。

明知沒人在看，還裝模作樣地摁了好幾次門鈴，既然都演到這地步，就算知道對方不會來應門，也該打通電話的……但那又怎樣，還是可以用「我一下子沒想到」矇混過去。

「不管怎樣，宇奈木那傢伙那時候已經死了。」

「說得也是呢。死在浴室裡——只是，鯨井先生，有件事務必請你告訴我，你是怎能發現宇奈木先生遺體的呢？」

「……？怎能發現……？嗯，你這什麼意思？」

他是真的不明白。宇奈木的屍體又不是藏在地板底下或天花板上——是躺在浴缸裡，又沒有蓋蓋子，就連五歲小孩也能發現。

「不不，五歲小孩才發現不了呢。你就別謙虛了——因為一般人進屋找人的時候，可不會從浴室開始找啊，通常會先從客廳或餐廳找起吧。」

「啊……這個啊。」

鯨井瞥了一眼肘折警部。前天在案發現場接受他的偵訊時，自己是這麼說的——用備份鑰匙進到屋裡，馬上就發現浴室裡的屍體——當時是判斷儘量不要說一些無謂謊言……要假裝現在才想起來嗎？自己只是沒說，但是在進浴室查看以前，已經先看過客廳和餐廳了嗎？或許對方會說這種事怎麼可能忘記，不過眼前就有個因為忘記而無法為鯨井證實不在場證明的忘卻偵探，要指責他這種說詞缺乏說服力也說不過去。

然而，如果說他檢查過客廳和餐廳，那些房間就必須留有鯨井的指紋才行——真是進退兩難。

「沒什麼，只是巧合罷了。因為摁門鈴沒反應，我下意識地猜想他該不會是在洗澡吧。以前我們感情還很好的時候，也遇過好幾次他這樣……該說那傢伙懶還是邋遢呢？他可是個會在洗澡時睡到不省人事的傢伙哪。」

他的確是個會在洗澡時睡著的傢伙，但遇過好幾次他睡著則是騙人的。不過已經是以前的事了，旁人無法判斷其真偽。

「只是碰巧最先查看的是浴室而已，沒什麼可讓偵探小姐參考的。」

「畢竟浴室門是離玄關最近的嘛。」

「嗯，沒錯沒錯。」

「宇奈木先生經常會在傍晚才開始泡澡嗎？」

「是呀。那傢伙運動完以後不只是會沖個澡，還會泡澡……與其說是愛乾淨，我猜他是想要多放鬆一些吧。」

「原來如此，原來如此。」

鯨井滿心以為今日子小姐接受了這套說詞，正要放下心中大石，沒想到她卻更又加逼近。

「可是，這麼一來就更令人費解了。因為如果是這麼想，反而一下就會放棄進浴室找人吧。」

「……？」

什麼意思？她該不會是要說向正在洗澡的人搭話是不禮貌的行為吧？如果對方是女性，或許真的不太禮貌，但對方是男的，而且彼此都是男的，到底有何不妥？要雞蛋裡挑骨頭也不是這種挑法吧。

「不是不是，不是要挑什麼啦，鯨井先生。畢竟宇奈木先生當時已經因為吹風機掉進浴缸裡電死了啊？」

「這、這我知道啊。」

「也就是說——在那時候，屋子裡的斷路器開關是跳掉的。」

即使她這麼說，鯨井還是沒有概念。開關跳掉又怎樣？雖說會問這個倒是不怎麼意外，實際上，浴室裡的燈也的確沒打開——沒開嗎？

「……如果浴室裡的燈沒開，一般都會認為裡頭沒人吧？」

肘折警部語重心長地說——看他的反應，似乎也是現在才想到。

「那間浴室並沒有窗戶，如果不開燈洗澡，就會暗到什麼都看不見。」

「……」

「要是我，就算懷疑宇奈木先生在洗澡，但在推開浴室門的時候，就會判斷他『應該不在這裡』吧。就算要再檢查一次浴室，也會是在檢查過客廳和餐廳以後——然而，你卻在當下選擇更進一步檢查泡澡間，進而發現了宇奈木先生，真是了不起的調查能力。換作是我，可能在看到走廊上一片漆黑的時候，就認為他不在家，掉頭走人了。」

「呃，別這樣稱讚我啦，真是難為情。」

雖然從她的話裡只感受到嘲諷，但鯨井還是這麼回答，總之只能笑著矇混過去。冷靜點——根本沒有任何物理上不可能的矛盾，根本證明不了他是因為知道那裡有屍體，所以才會一進門就從浴室開始找。

「搞不好是宇奈木那傢伙在呼喚我吧。或許想引導我找到他……」

鯨井試圖將話題帶往這種怪力亂神的方向來自圓其說。

「但結果還是沒有救到他的命。」

卻被今日子小姐毫不留情的一句完全否定。

「啊，難不成你是看到電線了？看到吹風機的電線從洗臉台延伸到泡澡間，所以才覺得不對勁。」

今日子小姐給了鯨井一個根本是下台階的假設，他差點就不假思索地咬住這個餌，但又想到不管洗臉台或走廊上都是一片漆黑，在那種情況下，怎能說是看見吹風機的電線？當然，因為真的看見了，就應該說看見了吧？雖說是一片漆黑，卻也不是完全伸手不見五指——只是，那也可能是因為他早就知道有東西在那裡，所以才會「看得見」也說不定——那樣的話，這時如果聲稱看見了，將會是致命的失誤。所以，鯨井只慎重地回了一句「我也不清楚」。

「這樣啊。話說回來，發現宇奈木先生的遺體之後，鯨井先生做了些什麼事呢？」

「……當然是馬上報警啊。用手機……」

「然後呢？」

「什麼然後？」

「嗯，沒什麼，你什麼都沒做就好——人有時也會毫無理由，下意識地鎖上大門和門鏈的。」

今日子小姐微微一笑，如此說道——意味深長，但是鯨井並不明白她的用意。雖然不明白，可是有一點他很清楚，就是「不能再跟她講下去」。雖說逃得了一時也逃不過一世，總之必須扭轉被她帶著走的步調。

「……不好意思，警部先生。」

鯨井對今日子小姐的問題視若無睹，轉向肘折警部。

「我今晚還得去游泳池，差不多該開始準備了……」

「游泳池……是工作嗎？」

「不，不是工作，只是不想荒廢例行訓練……」

其實才不是訓練這麼正式的行程，不過預定要去健身房游泳倒是真的。

「這樣啊，那我們也叨擾太久了，真對不起。」

今日子小姐站起身——對著似乎還有問題想問的肘折警部講了聲「我們走吧，警部先生」之後，以平靜的笑容對鯨井說道。

「打擾了，鯨井先生。能向你請教真是太好了。請放心，我一定會證明你的清白——只要你真的是無辜的。」

「……謝謝，那就全靠你了。」

我或許找了一個不得了的對象來為我的不在場證明作證哪——鯨井第一次這麼想。

9

肘折警部和今日子小姐離開鯨井的公寓之後，直接前往電器行——為了購買吹風機。先是今日子小姐提到想要買一把「和讓死者喪命的吹風機同樣機種的新品」來實地測量電線長度，於是肘折警部就陪她來了。

最新型家電的新奇感讓今日子小姐顯得興高采烈，看在肘折警部眼中，卻是令他不禁莞爾的景象（對於完全無法吸收新知的今日子小姐來說，來到電器行大概就像是來到未來吧）——買完東西，再回到宇奈木的住處時，剛好是傍晚五點。

傍晚五點——正是鯨井前天發現宇奈木屍體的時刻。雖然不是特地鎖定這個時間前來，可是如果要確認狀況的話，現在真是再好也不過了。

進到屋內，沒打開走廊的燈，就直接走向浴室——如同今日子小姐對鯨井所說，真是一片漆黑。看到這個光景，實在不會想到有人正在裡頭洗澡。

「肘折先生，麻煩給我吹風機。」

「啊，好的。」

從紙袋裡拿出吹風機，拆開包裝。雖然還是請店員開了收據，但是能不能以經費報銷，目前還很難說。

「請用，小心喔。」

「感謝你的提醒。不過，吹風機本身應該不是那麼危險的物品吧……浴室現在也是乾的。」

今日子小姐邊說邊把插頭插進洗臉台的插座，將吹風機拿進泡澡間，直接把吹風機輕輕地往浴缸裡放。

不出所料，電線長度雖然勉強拉得到浴缸旁，卻無法讓吹風機搆到浴缸底部——只能垂掛在浴缸邊緣。

「這個構圖跟警部先生當天看到的一樣嗎？」

「是一樣……不過，如果是這樣，插頭可能會因為吹風機本身的重量而鬆脫吧。」

「當浴缸裡放滿水的時候，因為有浮力，倒不至於會脫落……不過，就算能拉到浴缸這邊，要吹頭髮還是有點問題。如果是在浴缸外面也就算了，但是在浴缸裡，還是過於勉強呢。更何況……」

嘿呀——今日子小姐拿住垂掛在浴缸邊緣的吹風機，打開開關。吹風機送出熱風，吹動了今日子小姐的白髮。

「嗯……」

今日子小姐拿著吹風機讓熱風從四面八方吹拂著自己的頭髮——但頭髮原本就沒有溼，因此白髮輕柔飄逸地隨風翻飛。

還以為她會玩上好一陣子，卻見她慢條斯理地關掉吹風機，回到浴室外面。肘折警部雖然默不作聲地看著她，但完全不懂這些行動有何意義。

「你在做什麼？吹風機的風力測試嗎？」

肘折警部半開玩笑地問，今日子小姐回了一句「是呀，是風力測試呢」之後，一臉若無其事地說道。

「最近的吹風機，性能都好好哦，嚇了我一跳。」

「呃，今日子小姐。我知道你對家電的進化很感興趣，但是時間……」

肘折警部指著手腕上的表。害她手忙腳亂固然不好，但是忘卻偵探是有時間限制的。記憶每天都會重置的掟上今日子，無法花一天以上的時間調查同一個案子——現在已經過了下午五點。雖然還不用開始焦急，但也不是可以慢慢磨蹭的時間了。

「不，是說——警部先生，你需要這把吹風機嗎？」

「喔，結束搜查之後，如果你想帶回家的話……」

「我不是這個意思。我的意思是——只是要吹乾頭髮，需要用到這麼多的功能嗎？」

「啊。不用。」

還以為自己很貼心，結果卻是個籃外大空心——為了掩飾自己的羞赧，肘折警部趕緊用「我用便宜貨就好」回答她的問題，但就連這個回答，其實也是挺死要面子的虛言，肘折警部洗完頭髮，根本不用吹風機，通常都是放著自然乾。就算會要面子，他也不是會在意體面的性格。

「就是說呀，即使是我這樣的長度，也不需要這麼大的風力——這個，該不會是長髮女生用的吧？」

「……啊。」

今日子小姐的白髮是及肩的鮑伯頭，就連這種髮型也用不到的吹風機，身為運動選手，而且還是游泳選手的宇奈木——會需要嗎？

回想他泡在浴缸裡的屍體，的確是還不到平頭，但也是非常短的短髮。雖然不自覺地接受了浴室與吹風機的組合——可是世上也有完全不需要吹風機的人。

那個長度，只要用厚一點的浴巾就能擦乾了吧？

「……嗯？那這又意味著什麼呢？」

「就是意味著一種可能而已。當然，即使是短髮，也可以用吹風機，或許也有會在浴缸裡吹頭髮的怪咖——可是，若要把這些極端可能性也考慮進去，那麼造成宇奈木先生死亡的這把吹風機，也可能不是他的東西。」

「……你說這可能是兇手帶來的凶器嗎？一開始就決定拿這個當凶器，所以盡可能選擇風力最大的機種？」

若是如此，這就是物證了。不是在案發現場拿宇奈木的私人物品來用，而是兇手帶私人物品進來——就算不是兇手的私人物品，假設是兇手事先準備好的東西……

「嗯……」

終於找到與兇手有關的細微線索，令肘折警部雀躍不已，然而發現這條線索的今日子小姐本人卻一臉陰鬱的表情。

「怎……怎麼了嗎？接下來只要追溯鯨井先生最近的行蹤，調查有沒有購買吹風機的記錄就行了……」

這樣的話，由於會演變成地毯式搜索，就不是一天兩天可以搞定了。不過能走到這裡，忘卻偵探已經是十分盡責了。

「嗯，該怎麼說才好呢？我不知道該怎麼形容才好。宇奈木先生在浴室裡吹頭髮，不小心讓吹風機掉進浴缸裡，因此觸電身亡——這是兇手想編的故事吧？」

「是的。」

「這個故事的疑點在於——有人會冒著就連小孩也知道的危險，坐在浴缸裡吹頭髮嗎？就當作真的是在浴缸裡使用吧，吹風機的電線是不是太短了點？還有剛才提到的，宇奈木先生需要風力這麼大的吹風機嗎？」

「沒錯，簡單整理起來是這樣沒錯。」

所以才可疑。

一開始被認為是意外身亡的這起命案，之所以會產生凶殺案的疑慮，不只是因為第一發現者很可疑。

「可是，可是喔，假設有人——不見得是鯨井先生，假設有人利用吹風機當凶器，殺死正在泡澡的宇奈木先生的話呢？」

「嗯，我正在思考這個可能性。」

「能消除剛才提到的任何一個疑點嗎？」

「……？這個嘛……」

應該可以吧——她嘴上雖這麼說，肘折警部卻感覺到或許實不盡然。

假使兇手打算將這起命案偽裝成因為死者本人不小心而造成的意外，那麼兇手應該比任何人——當然包括今日子小姐、肘折警部在內，都會先注意到這些疑點，並妥善處理才對。

「難道是『為了讓人以為是意外』這個前提錯了嗎？關於電線長度，我也是來到現場才發現的。兇手總不可能隨身攜帶延長線，或許到客廳找找也會有，但考慮到萬一宇奈木先生在那時洗好澡走出來的風險……」

「如果不是為了讓人以為是意外，應該會把吹風機帶回去……因為如你所說，吹風機會變成物證。只是，如果想要偽裝成意外，卻又特地帶死者平常沒有在用的吹風機來現場，就很奇怪了。無論是視為意外還是他殺，都無法解釋宇奈木先生的死所呈現的疑點和矛盾之處。」

「……可是，鯨井先生的確很可疑吧？」

「很可疑。」

關於這點，今日子小姐倒是毫不遲疑地斷定。

「鯨井先生身為第一發現者所採取的行動，只有可疑兩字能形容——剛才和他本人聊過之後，說他的嫌疑愈發重大也不為過。他雖然試圖自圓其說，但他在這房間裡的舉動，卻很明顯是『知道宇奈木先生已經死在浴室裡』的人才會有的舉動……可疑到這個地步，他的不在場證明也顯得很刻意，或該說是頗奸詐吧？」

「奸詐？」

「假如我不是忘卻偵探，鯨井先生的不在場證明確實成立的話——如此一來他向我搭話的時間就剛好是推定死亡時間，這不是太湊巧了嗎？」

雖然「第一發現者一定有問題」並非不成文的規定，但「不在場證明過於完美的人反而可疑」倒是推理小說的鐵則之一。

「那麼，鯨井先生向今日子小姐搭話，是有意要製造不在場證明嗎？」

「這麼想，一切就說得通了。比起認為是偶然會更合理。」

「但要是這麼想，鯨井先生的不在場證明結果仍然會成立。因為他在死者的推定死亡時間，主動找今日子小姐說話的事是千真萬確的。」

「沒錯。所以我推測他是不是用了什麼詭計，在浴室和吹風機上裝了機關……」

「詭計？這麼說來，你剛剛有提過。」

「換句話說，為了實現那個詭計，就算有點牽強，也必須使用吹風機做為凶器……就是……我猜可能是定時裝置之類的吧。」

「定時裝置？」

今日子小姐點點頭，提出假設。

「鯨井先生在案發當天的中午時分，來到這個房間，利用某種手段讓宇奈木先生昏過去。可能是直接訴諸於暴力，也可能是使用藥物。然後脫光宇奈木先生的衣服，把他放進浴缸。再把吹風機的定時裝置安裝在浴室裡，離開這棟大樓，搭電車來到幾站外的大街上——然後在下午三點左右，定時裝置開始運作時，製造牢不可破的不在場證明。他可能想，最好是挑個初次見面，具備日後要找也很容易找的特徵……例如挑個滿頭白髮的年輕女人，向她搭話就應該還滿理想的吧。然後在適當的時間告辭，回到這棟大樓——藉此成為第一發現者。確定宇奈木先生已經照計畫死去，再向警方報案，趁警方抵達之前，將定時裝置處理掉。如何？」

「……聽起來無可挑剔。」

如此就連「為何在肘折警部等人到達之前，第一發現者鯨井會把門鏈鎖上」這個問題也能得到解釋。

「可以挑的地方多的是呢！就警部先生給我看的調查資料，宇奈木先生的遺體並沒有外傷，似乎也沒有服用藥物——即使暫且不論這部分，鯨井先生也無法確定宇奈木先生不會在自己離開現場的時候醒過來吧。至於遠距離操縱的定時裝置什麼的，做為殺人手法來說也太粗糙了。」

「……這、這麼說倒也是。」

「再說，什麼遠距離操縱的定時裝置啦，那到底是什麼東西呀？」

這樣問他也不曉得該怎麼回答——因為直到今日子小姐提出這個想法之

前，肘折警部從沒想過世上會有這種東西。

「假設剛才那個隨口胡謅的推理之中有什麼可以拿來參考的地方，就只有『必須使用吹風機做為凶器』這點了吧。只要用吹風機做為凶器，就可以在宇奈木先生死亡同時，讓斷路器跳掉、讓預錄功能等等中斷或停下，確實鎖定推定死亡時間——是最適合用來製造不在場證明的殺人手法。」

「我從沒這麼想過……不過，要是承認這點，感覺對於偵辦進度而言是不進反退哪。」

承認「不在場證明是蓄意製造的」和「不在場詭計是存在的」，並且以此為前提的話，就等於是承認「嫌犯鯨井有不在場證明」一樣——也等於離破案愈來愈遙遠。

「原本還以為是單純的意外，但愈是深入思考，案情愈撲朔迷離。這樣下去，真不知道這個案子明天會有什麼樣的進展？」

「明天——是嗎？」

「啊……呃，抱歉。」

今日子小姐只有今天——跟她提到明天或許是相當失禮的事。但她看也不看正打算道歉的肘折警部一眼，突然擅自開始行動。今日子小姐走向走廊的盡頭，打開寢室的門。

「今……今日子小姐？」

「我先睡了。」

「什麼？」

「我要來小睡一下。肘折警部，一個小時後請叫我起床。」

10

「肘折警部，你說的沒錯，我們現在想的是稍微嫌太多了些。自顧自地把事情想得太複雜，自顧自地闖進迷宮中。所以不妨整個重新來過。」

今日子小姐說得輕鬆。

宛如在黑板上寫算式，發現計算出錯了，就要把板書全部擦掉，從頭開始計算一般——說得輕輕鬆鬆。

不，一直理不出個頭緒倒也是事實，肘折警部也想整個重新來過，但要是想重來就能重來，就不用這麼辛苦了——話到嘴邊，卻想到對忘卻偵探今日子小姐而言，要重來的確並不是什麼難事。

今日子小姐只有今天。

她的記憶每天都會重置——說得更嚴謹一點，該說是她晚上睡覺，早上起床時就會把昨天的事忘得一乾二淨。

更進一步地說，這個法則並不侷限於早晚。就是今日子小姐睡一覺醒來，就會忘記入睡以前的事——不管是打盹還是睡午覺，基本上都適用於這個法則。

也就是說，若是今日子小姐於此時此地，在宇奈木的寢室裡小睡一個小時，就可以讓今天經歷過的事——被肘折警部叫到警察局之後經歷過的所有事，對她而言都會變成「沒有這回事」。

簡直像是可擦式原子筆——只不過，跟可擦式原子筆不同，記憶消失以後就無法再恢復原狀了。

「可是，這麼一來，就等於今日子小姐也要放棄好不容易累積到現在的推理嘍？」

「是的，包括既有的推理，整個重新來過——看來從一開始，我介入這件事的方式就不甚妥當。要我本身兼具不在場證明證人的身分參與偵辦，就不可能冷靜面對案情了。偵探一定得是與案子無關的第三者才行——」

今日子小姐邊說邊拍拍宇奈木睡過的床和枕頭，像是在檢查夠不夠格做為自己安眠的寢具。看樣子是及格了，只見她把眼鏡摘下來放在床邊，然後以極為自然的動作往床上躺。

「那麼，晚安了，肘折警部。」

「等……請等一下。你在這裡睡著，我會很為難的——對你來說，等於是在陌生的地方、被陌生的男人叫醒吧？我這長相會嚇到你的。」

肘折警部有自知之明，知道自己的外表會給人帶來壓迫感——因此雖然他能在查案時積極使其發揮最大效果，但是並不認為適合用來叫人起床。更不用說對方可是忘卻偵探，到時候絕不是「嚇到」二字就能收場的。

「哎呀，這倒是。那麼……」

今日子小姐坐起來，從放在旁邊的筆筒裡拿起粗字簽字筆——然後捲起袖子，在自己的左手臂上寫下了「我是掟上今日子，白髮，偵探。現在正和肘折警部一起辦案」。

清楚明白的訊息。

原來如此，先寫下這些訊息，醒來的時候比較容易進入狀況——畢竟是自己的筆跡，沒什麼好懷疑的。肘折警部本來還以為她會繼續寫下命案的梗概，但今日子小姐蓋上筆蓋，把簽字筆放回筆筒裡。

「叫醒我以後，請讓我看你的警察手冊。這樣我應該就會相信警部先生了。」說完，她又躺回床上。「接下來，請再告訴我案情梗概——不過，請不要跟我說我自己就是不在場證明的證人這件事。」

「好、好的……」

看樣子，她是打算徹徹底底地重新來過——可是，如果要隱瞞「今日子小姐是不在場證明的證人」這件事，會不會冒出其他也必須隱瞞的事？

「我是說，就當鯨井先生順利完成了他的計畫……或許不是計畫，而是湊巧的偶然也說不定。總之，就當作他下午三點的不在場證明是成立的——他的不在場證明完美地成立了。某個在露天咖啡座喝茶的女生沒有忘記，確實證明了他不在場。」

「我不太會說謊，但我會照做的。還有什麼我可以效勞的嗎？」

「一定要說的話，可以請你去買晚餐嗎？如果能再加上紅豆冰棒當甜點，就更完美了。」

今日子小姐說完這句話，蓋好被子，閉上雙眼。幾秒鐘後似乎就進入夢鄉——令人猝不及防的展開，讓肘折警部完全錯失向她道晚安的時機。

該怎麼說呢……

從以前就覺得她是個精神十分強韌的人，跟她那看似有些迷糊、溫和敦厚的氣質一點都不搭軋，但是居然在案發現場——而且還是死者床上睡大頭覺，實在已經超出神經大條的範圍，根本是臉皮太厚。

說是天不怕、地不怕也不為過——然而，對於她的膽大包天，與其說是佩服，反倒有種「為了查明真相，有必要做到這種地步嗎」的感覺。

今日子小姐不惜做到這種地步也要貫徹自己是為偵探的身分，難道有什麼苦衷嗎——但肘折警部不過是區區一介委託人，也不便再深入。

他現在所能做的事，頂多就只有照著她的吩咐去買晚餐——當然，也沒忘了紅豆冰棒。

11

「原來如此。原來事情是這樣啊。」

一小時後。

被肘折警部叫醒的今日子小姐理所當然地——如同她自己的預料，把「昨天的今日子小姐」做過的事忘得一乾二淨，也多少看來有些心惶惶。

然而，她隨即看到自己寫在左手臂上的訊息，然後又看了肘折警部的警察手冊，與生俱來的冰雪聰明似乎便掌握了狀況——今日子小姐一邊享用肘折警部趁她睡著時去買回來的便利商店便當，一邊默默地聽他敍述案子的概要，最後說出這句話，心滿意足地點點頭。

「原……『原來如此』是什麼意思？」

關於鯨井的不在場證明，肘折警部則說了謊話，所以聽她說著原來如此，只覺得自己是在欺騙她……雖說，這也是今日子小姐自己選擇要受騙，他僅是照著吩咐做而已。

「會說『原來如此』是表示我大致明白了。雖然還有幾個必須向當事人確認的問題……但是已經大概能推理出設置在浴室的不在場詭計，以及鯨井先生企圖製造的不在場證明究竟是怎麼一回事了。」

肘折警部心裡一驚。

她的態度充滿了自信——那是一個小時前還看不到的篤定。

「哎唷，這只是基本中的基本啊！警部先生。」

「是……是喔……」

直到剛才還和肘折警部一起在死胡同裡徘徊的今日子小姐，冒出一句簡直像是故事裡的名偵探才會說的台詞——也罷——他決定不要追究。

「你是說……類似遠距離操縱的定時裝置嗎？」

「遠距離操縱的定時裝置？我這樣說的嗎？嗯……雖然沒那麼誇張，但要講是說得妙嘛，還真的是滿妙的。好吧，就算她及格好了。」

獨自走出了「想太多」的迷宮，今日子小姐展現出遊刃有餘的態度——可是她面對過去的自己時未免也太高高在上了吧。而且對於還在迷宮裡徬徨的肘折警部來說，這樣的從容實在是難以理解。

「……那麼，你已經看穿這件事的真相了嗎？」

今日子小姐在寢室裡醒來到現在還不到三十分鐘。不，若是從今天早上肘折警部請她到警察局那時開始算，還不到十二個小時——即便如此，她卻已經掌握住命案的真相。

最快的偵探。

無論什麼案件都會在一天以內解決——

「哪裡哪裡，別對我有太高的評價，我會不知所措的。至少在目前這個階段，推理還只是推理，因為還沒有確切的證據。」

「具體來說，你認為他使用了何種詭計呢？鯨井先生究竟是怎麼製造不在場證明的？」

「還沒具體到可以拿出來說。聯想——不，只算是跳躍式思考吧。」

「……？」

「勉強要說的話，因為嫌犯鯨井先生和死者宇奈木先生都是游泳健將，所以我猜，嗯，大概就是那樣吧。」

真的還滿勉強的，聽了也只覺得更莫名其妙。站在今日子小姐的角度，可能是認為面對警察不能隨便說出不確定的結論，並不是想要賣關子吧，但肘折警部的心情還是頗為焦慮不安。

因為鯨井和宇奈木都是游泳健將——自己的確是跟已經不存在的「昨天的今日子小姐」說過「游泳選手宇奈木死在浴缸裡實在很諷刺」之類的話，但那又怎樣。

今日子小姐從袋子裡拿出紅豆冰棒就一口咬下，然後問。

「我不是說，還有幾個必須向當事人確認的問題嗎……那幾個癥結不是用推理可以解開的。鯨井先生現在人在哪裡呢？」

「我想想……他說晚上要去游泳池，應該是去練習游泳吧……聽起來也有點像是為了趕我們走的藉口，但應該沒有說謊……所以明天早上我們兩個再一起去找他嗎？」

「我沒有理由等到明天早上——而且，要是忘了好不容易才想出來的推理也不好。肘折警部，很抱歉我老是提出這麼任性的要求，最後還有一件事要請你幫忙。」

「什麼事？沒問題，都幫到這了，我什麼都願意幫的，儘管說吧。」

「謝謝。我就知道你會這麼說。那麼……」

今日子小姐說道。

「可以請你陪我去買泳衣嗎？」

12

鯨井在水中游——已經不曉得在五十公尺的游泳池裡來回過多少趟了。他完全不管速度的分配與肌肉的極限，只是一個勁兒地游著自由式。

他只是純粹地喜歡游泳，即使在已經退出第一線的現在，也依舊沒有改變。喜歡游泳的理由，是因為在游泳時可以不去想一切不需要去想的事，只是唯獨今天，不管游再多趟，還是會去想。

想起老朋友宇奈木的事——和那個白髮偵探的事。

雖然今天成功地把他們趕走了，可是明天就不會這麼順利了吧——後天肯定會變得更困難。嘴裡說要證明鯨井無辜，但那個偵探擺明在懷疑他。

再這樣下去，可以想見情況會變得愈來愈糟。

話雖如此，鯨井也無計可施——他原本只是想製造不在場證明，並未打算說更多的謊。在無法製造出完美不在場證明那一刻——在好死不死竟挑了忘卻偵探當證人的那一刻，就已經鑄下大錯了。

該怎麼辦？鯨井邊游邊想——在原本可以什麼都不想的時間裡，想了又想，然後隨即得出了結論。

要逃走嗎？

要放棄一切遠走高飛嗎——為了自己的名譽。

要是逃亡，或許會加重自己的嫌疑，但現在不是這麼冷靜的時候吧——如果話說得愈多就愈是露出多馬腳，那麼只要拒絕對話就好。

這麼一想，自己現在這種幾乎處於失業的狀態倒不失為一件好事——好，不用等到明天的太陽昇起，現在回家立刻打包行李，出門旅行吧。乾脆去國外好了。游泳選手時代經常南征北討，多少還能講一點英語。

一旦下定決心，這種逃亡生活反而令他躍躍欲試——接下來就可以專心地游泳，不用再想那些有的沒的了。

雖然總算有了結論，但他還是慢了一步——不，是慢了一拍。或許他不該停下思考——或許該停下的其實是游泳，應該要早早上岸離開才是。

「初次見面，鯨井先生。」

當鯨井游完一整條水道，從游泳池裡爬上岸的時候，有個不速之客等著他。她摘下了眼鏡，所以給人的印象不太一樣，但鯨井絕不會錯認，站在泳池邊的不是別人，正是穿著幾乎令人不敢直視的雪白連身泳裝，但髮絲比泳裝更白的忘卻偵探——掟上今日子。

13

她說初次見面。

也就是——記憶又重置了吧。鯨井無從得知忘卻偵探的忘卻法則之類的個人細節，但是明顯以面對陌生人的眼神看著他的今日子小姐，讓他本能地這麼想。

自己藉由埋頭游泳，好讓思緒重整——這個忘卻偵探應該是藉由遺忘來讓思緒重整吧——能聯想到這點，自己還真是聰明。鯨井略帶自嘲笑了笑。

不過，肘折警部似乎沒有跟著一起來……

「可以聊兩句嗎？」

今日子小姐微笑著問他。這種感覺似曾相識——簡直是前天那場露天咖啡座邂逅的翻轉版。雖說是可愛的連身泳裝，但是穿著暴露的泳裝這樣誘惑他，怎能不答應——然而，鯨井畢竟曾為游泳選手，倒也還沒這麼衝動。

「不好意思，我正在練習。」

「哎呀，真冷淡。可是現在已經結束了吧？你好像游了很久呀……」

自己好像被觀察了很久。

鯨井裝糊塗地說了句「我只是想把之前的空白稍微補回來」之後又回到泳池裡，接著明白告訴她。

「我還要再游五十趟，如果你願意等的話。」

當然，再怎麼樣也不可能游上五十趟——這已經不是啥軟釘子，而是露骨地賞了張鐵板。鯨井重新戴上蛙鏡，正要一腳踹向游泳池的池壁。

就在那時候。

噗通一聲，今日子小姐跳進隔壁的水道——從那文靜的外表完全想像不到，她行動起來居然如此活潑。

光是她找到游泳池來這件事本身，就好像已經被先將了一軍——不只是動作非常迅速，反應也很快。鯨井像是個教練般地提醒她。

「……沒先熱身就突然跳進水裡，可能會引起心臟痲痺的。」

「啊哈哈。心臟痲痺啊，就像觸電那樣嗎？」

「……」

「別擔心，我已經做過暖身操了——我說鯨井先生。」

今日子小姐邊說邊拿下固定在連身泳裝肩帶處的泳帽和蛙鏡戴上。

「可以請你和我比賽嗎？比五十公尺的自由式。如果我先抵達終點，請你給我五分鐘的時間。」

「……你的攻勢真的很凌厲呢。你是所謂的肉食系嗎？」

「我是職業偵探。」

「是嗎。」

要是你能一開始就這麼告訴我的話多好——鯨井心中多少會這麼想，但該說是悔不當初嗎？總之已經後悔莫及。

「那如果我贏了，今日子小姐，你願意和我約會嗎？」

「可以啊，我喜歡約會。」

今日子小姐很乾脆地答應鯨井挑釁般的要求。

既然她都答應了，他也不好再說什麼。

「那就來比賽吧。」

今日子小姐轉身面對水道，準備就緒。

看她的動作，似乎不是毫無經驗的外行人……說不定游得比一般的男人還快。但鯨井倒也不認為她能游得比曾經是游泳選手的自己還快。

話雖如此，想必今日子小姐也不會毫無勝算，就對鯨井下這麼有勇無謀的戰書吧……然而她剛才似乎一直在看自己游泳，難道是以為他累了嗎？

當然，因為剛才真的什麼都沒想，任憑自己隨性游了非常久，鯨井現在固然無法再使出全力，但也不至於連區區五十公尺都游不好——

「預備——開始！」

今日子小姐自己發號施令，一腳踹上池壁——毫無預警，自顧自地開始游了起來。不過，他覺得這點差距就當是適度的放水，讓讓也無妨。

鯨井深深地吸了一口氣，展開追擊——用跟剛才同樣，絲毫不見疲態的自由式，開始往前游。

游的時候什麼都沒有想。

只是有感。

雖然今日子小姐有點不按牌理出牌，但是鯨井已經很久沒有像這樣和別人一起比賽游泳了，絕對不可能無感——他很討厭因此感到開心的自己。說來在選手時代，也經常和宇奈木以這種方式比試哪——他不曉得該怎麼去感受這件事才好。

唯一千真萬確的，只有再也無法和那傢伙比肩而游的事實——然而游著游著，就連這樣的感傷也沒有了。

「呼哈！」

為了換氣把臉抬出水面時，自認已經超越她的鯨井望向隔壁水道——但在他的視線範圍內，卻不見今日子小姐的身影。

因為只是一瞬間，再加上戴著蛙鏡，原本以為只是沒看見，可是再一次換氣時，仍舊不見她的泳姿。

該不會是溺水了吧？為了贏得比賽，游得太過拚命而導致腳抽筋——難不成真的心臟痲痺了？

「……今、今日子小姐!?」

鯨井停下划水，從水裡抬起頭來，四下張望——沉在哪裡？得趕快救她才行……這個游泳池很深，以今日子小姐的身高，腳可能踩不到底。救生員到底是在幹什麼吃的？

鯨井驚慌失措，事實上，今日子小姐也的確沉在游泳池底。說得更正確一點，她是潛在游泳池底。潛著——並且游著。

「我贏了！」

伴隨著這一聲歡呼，她終於浮出水面——然後輕觸水道末端的池壁。還站在水道正中央的鯨井，只能眼睜睜地看著這一切發生。

總之，他以相當大的差距輸掉了……

「這……比自由式的時候，潛水是犯規的。」

14

「真是難以理解的規定呢。如果要想游得更快，把全身沉在水面下，以潛水的方式游泳應該才是最適當的，卻又規定不可以這樣游……你不覺得很不合理嗎？」

今日子小姐說得面不改色——為求獲勝不擇手段到這個地步，反而給人率直到極點的印象，要反駁她都覺得太麻煩。

而且她說的倒也沒錯，如果想游得最快，潛水無疑是最好的方法——若遵守規則，維持讓身體的一部分露出水面，只會增加空氣阻力。

今日子小姐摘下泳帽，重新綁在肩帶上，用毛巾擦拭她微微帶銀色的滿頭白髮。

「也就是說，游泳其實是一種必須吸引目光的迷人競技——要是選手們全都在游泳池底部潛水前進，觀眾就無法加油，也無從炒熱氣氛了。」

今日子小姐坐在設置於游泳池畔的長椅上說——鯨井也做好心理準備，在她旁邊坐下。能夠坐在穿著泳裝的美女身旁，真是無上光榮。比起游泳，今日子小姐才是迷人。

「不止是游泳，我想田徑也有些類似之處。沿著跑道轉來轉去，跑個步卻九彎十八拐，其實造成很多無謂損耗，不是嗎？倘若真要追求速度，就算是四十二點一九五公里的全馬，也應該跟百米賽跑一樣，用一直線的跑道來計時才對。」

「不可能準備那種跑道的。人只能在有限的範圍內，做有限的事。」

「你說的一點都沒錯……嗯，真的，你這滿好的呢。」

「嗯？」

他還正在想是什麼滿好，但這個話題似乎已經結束了。今日子小姐指著鯨井濕漉漉的頭髮——指著他雖然濕漉漉的，不過看來似乎不需拿毛巾來擦也會乾的短髮。

「我也曾經想剪一次非常短的髮型來試試，但卻遲遲下不了決心……不過，突然變成超短髮的話，明天的我早上起床肯定會嚇一大跳吧，光是想像就覺得好好玩。」

「……不管是什麼樣的髮型，都會很適合你的，今日子小姐。」

「真高興你這麼說。」

今日子小姐微笑。

無論什麼髮型都很好看這句話，是鯨井真心真意的感想，而感覺今日子小姐閃耀著銀色光芒的濡濕髮絲實在莫名性感，這也是他真心真意的感想。與她那天真無邪的表情之間的落差，令鯨井臉紅心跳。

「呵呵。」

今日子小姐把用來擦頭髮的毛巾披上自己的肩膀。

「還好我不用像鯨井先生或宇奈木先生那樣頻繁地下水游泳呢。真是好久沒有聞到氯的味道了。」

「氯……對我來說是很習慣的味道了，但女生可能會擔心傷髮質吧？」

「我可沒那麼神經質。至於頭髮。反正也不可能再糟了。」

今日子小姐不以為意地說。

這到底算不算是個敏感的問題呢——鯨井無從判斷，所以放棄繼續深究——雖然很難想像白髮與忘卻之間有關聯。

「那麼，鯨井先生，我們可以進入正題了嗎？你答應過我，只要我贏了，就給我五分鐘的時間。」

「嗯……我會遵守約定的。」

鯨井邊說邊瞥了設置在游泳池畔的比賽用碼表一眼。本來是給人計算游泳時間用的——如今有了一個新的任務。

「不過，在那之前我可以先問你一件事嗎？」

「可以啊，什麼事？」

「你應該已經忘了，我第一次見到今日子小姐的時候，你曾推薦給我一本書。裡頭有須永昼兵衛這位作家的短篇小說〈改心刑〉……」

「哦，的確是我會推薦給別人的呢，我也看了好幾次，是我很喜歡的故事——你看過了嗎？」

「只看了那一篇而已。」

「好高興。畢竟就連在閱讀愛好者之間，平常也很少有人會願意看別人推薦的書呢。」

是這樣嗎？確實，鯨井之所以會看那個短篇也是另有目的。

要不是為了製造不在場證明……

「你看完之後有什麼感想？」

「我就是想問你這個。大壞蛋改過向善……被改面革心，我還以為故事就會那樣結束了，但並非如此。」

該怎麼說呢？結局非常糟糕。

要說是悲劇收場，或該說是難以理喻。

變成大好人的大壞蛋，後來因為相信人而被騙，因為幫助人而負債，放感情之後遭到背叛，對自己基於善意的價值觀與一般人大相逕庭感到絕望，最後身心俱疲，死於非命。

「改心刑」就是這樣的懲罰——改造惡人的心，使其與善人同樣，落得悲慘下場的懲罰。

比死刑更狠心的極刑——改心刑。

……真是個匪夷所思的故事。究竟是要讀者從這個故事裡，得到什麼樣的教訓呢？

「心狠手辣的大壞蛋最後落得悲慘的下場，從隱惡揚善的角度來看，倒也不是不能理解，但要是如此，這故事的前提不就是『好人不得善終』了嗎？懲罰的關鍵居然在於把大壞蛋變成大好人，使其落得悲慘的下場……這種感覺實在是糟透了。」

我該做何感想？

鯨井只感到如坐針氈——所以才會覺得如果有機會，一定要問問今日子小姐的想法。而下午見面時卻錯失了這個機會……

「若說我有點意外或許是頗失禮，但鯨井先生，你還挺正直的呢。」

今日子小姐如是說，笑得開心——看她這樣的反應，感覺自己好像說了什麼非常狀況外的話。實際上現在提這種事也的確是狀況外吧。

「不，我只是不常看書，尤其是推理小說。所以才會不曉得該怎麼去理解那種故事才好。」

「即使是常看書的人，有時也會陷入同樣的迷惘呢。就連我也不例外——可是啊，鯨井先生。看書的時候，其實不用想著要得到什麼教訓、學到什麼東西、將來要如何運用等等，畢竟又不是在上國語課。」

今日子小姐面向鯨井，豎起食指。動作就像個國文老師，但是脫口而出的，卻不是老師該說的話。

「原來有人想著這麼有趣的事啊……只要這麼想，再闔上書就行了。」

「……」

「那麼，可以開始解謎了嗎？別擔心，真的只要五分鐘就結束了——以合理的說明，用最快的速度。」

15

「鯨井先生，你於前天下午三點左右，在某家露天咖啡座向某位女性搭話。然後兩人一起喝茶，度過約一小時的愉快時光。」

「……」

她拐彎抹角地用「某位女性」來代稱自己這點，讓鯨井頗為在意——就算因為她是忘卻偵探而忘了那天的事，但是為何要講得如此事不關己。

「好巧不巧，那個時間偏偏是鯨井先生的好對手宇奈木先生的推定死亡時間——也就是說，你有不在場證明。」

「那真是太好了，好得不得了。」

鯨井回得敷衍，她這是在諷刺挖苦自己嗎？今日子小姐的證詞幾乎是無效的，搞得他的不在場證明有跟沒有一樣……難道是取得店員或其他客人的證詞了嗎？

「只是，如果不在場證明這麼剛好成立，要視為偶然總覺得有點太巧合了呢。與死者關係決裂，卻又是第一發現者的你……」

「偶爾也會有這種程度的巧合不是嗎？就像我和今日子小姐奇蹟般的相遇般。」他試著模糊焦點。

「的確會有也說不定，但也說不定其實並沒有。」結果也被模糊回應。

「不管如何，只要看到不在場證明就會想去推翻它——這也是偵探的天性。尤其當那個不在場證明愈是完美，就會愈想要去徹底瓦解它。」

「還真是令人傷腦筋的天性啊……」

與其說是天性，真是天作孽。

早知道會遇上這種怪咖，鯨井大概就不會想要製造什麼完美的不在場證明吧——可是追根究柢，把這種怪咖攪和進這件事的不是別人，正是鯨井自己，所以也怨不得人。

可是，今日子小姐這一副好似鯨井擁有完美不在場證明的態度，也令他著實不解……

「所以呢？你推翻我的不在場證明了嗎？」

「以這種情況來說，有幾種可能性。一是你下午三點的不在場證明是假的。一是推定死亡時間是錯的。」

「……嗯，還滿合邏輯的。」

不是合邏輯，而是在羅列。

一一驗證所有可能性——偵探工作似乎比鯨井以為的更要苦幹實幹。

「所以是哪個呢？」

「哪個都不是。這兩個推想都無法推翻你的不在場證明。所以，最後一個可能性就浮上檯面——假設不在場證明是真的，推定死亡時間也是正確的，那就只能認為是某種遠距離遙控定時裝置導致宇奈木先生喪命了。」

就按照常理，認為「鯨井不是兇手」不是很好嗎……還搬出什麼遠距離遙控定時裝置，究竟是在想什麼。

「說得也太誇張。」

「似乎是『昨天的我』這麼說的。先不談這些……你在案發現場的浴室安裝了定時機關，當那個機關啟動時，你則在其他地方製造不在場證明。

這樣你的不在場證明就無法成立了——但要說是無法成立，不如說是會變得沒有意義。」

「你無論如何都想把我當成兇手嗎？今日子小姐，比起懷疑這種可能，我認為快去找其他兇手還比較快。」

他試著綿裡藏針地說，但今日子小姐似乎絲毫不以為忤。

「如果鯨井先生不是兇手，那當然是最好不過了。更何況，就算沒有不在場證明，也不等於就是兇手。」

「……」

被她笑容滿面地這麼說，他也很難再做出更犀利的反駁。

鯨井之所以不愛看推理小說的原因之一，就是因為他不太懂為何犯下滔天大罪的兇手，都會乖乖地聽偵探講解推理。但是當自己實際站在聽講的立場時，卻發現感覺其實也還不壞。

任人解釋、批評自己的行為。

因此，鯨井反而主動慫恿今日子小姐進攻。

「所以呢？你說的定時裝置又是什麼？難不成我是製作了像骨牌般的機關，讓吹風機在預定時間噗通一聲掉進浴缸裡嗎？而我之所以成為第一發現者，也是為了要回收那個機關嗎？」

這不是慫恿，而是挑釁了——但偵探並沒有上勾。

「不，倒不至於。機關愈複雜，會留下愈多的證據。就算是要製造不在場證明，但如果因此增加證據的話，實在很不聰明——不過，我認為你之所以會成為第一發現者的理由，大概就是你自己說的那樣，否則就沒有必要刻意成為第一發現者了。」

機關還是簡單一點比較好——今日子小姐說道。

「說是遠距離遙控的定時裝置，好像會讓人不自覺地聯想到複雜的詭計，但其實並不需要額外小道具，只要有奪走宇奈木先生性命的那把吹風機就夠了。」

「……你是想說那把吹風機有定時功能嗎？時下的吹風機也太進步了吧。但我不用吹風機，所以不是很清楚就是了。」

「沒錯，像鯨井先生這種短髮的男性，的確不需要——宇奈木先生當然也不需要吧。還是宇奈木先生平常也會用吹風機呢？」

「天曉得……那傢伙和我不一樣，是個愛打扮的潮男，偶爾會吹吹也不奇怪吧。」

鯨井裝迷糊地聳聳肩。

「做為凶器的吹風機沒有定時功能。」今日子小姐表情嚴肅地回答。「而且也沒有這個必要，只要盡可能選擇高功率的吹風機就好。」

「那不就需要其他機關了嗎？等下午三點的時間一到，讓吹風機掉進浴缸裡的裝置——」

「不需要。」

今日子小姐強調。

「既不需要裝置，也不需要讓吹風機掉進浴缸裡。因為吹風機打從一開始就在浴缸裡。」

「一開始就在浴缸裡？喂喂，你在說什麼啊……高功率吹風機一旦掉進浴缸裡，在那瞬間就會放電了吧，根本不成機關。」

「我起先想到純水這個可能性。」

「純……純水？」

「是的。」

今日子小姐邊說邊指著游泳池。

「游泳池會在水裡摻氯，而純水則正好相反——簡言之，是指沒有混入任何雜質的水。這種狀態的水，寫成化學式是H_2O，幾乎不導電。倘若浴缸裡的水是純水，即使把吹風機丟進去，也不會放電。」

「……那，泡在浴缸裡的吹風機會一直不放電嗎？」

「不會一直。只要純水不再是純水的狀態，那一瞬間就會放電了。」

「也就是……這就是你剛才所說的定時功能嗎？是要說我確實預測了純水的狀態變化嗎？沒有化學知識的我，卻知道一小時後大概會通電？」

「不是不是，我可沒要這麼說……我只是說自己一開始想到的，其實是這樣荒謬可笑的可能性罷了。就算是偵探，也不可能預測到純水隨著時間經過的狀態變化——而且，放滿在浴缸裡的水也不是純水吧。」

「我想也是。」

「與其這麼說，裡頭根本沒有水吧？」

先提出一個荒誕不經的假設，再切入重點——似乎是忘卻偵探的手法。

「吹風機只是垂掛在空空如也的浴缸裡，後來才扭開水龍頭——也不是全部打開，而是只開一點點。這麼一來，浴缸就會慢慢地放滿水，等到垂掛在浴缸的吹風機接觸到上昇的水面……」

就會放電了——今日子小姐十分肯定地說。

16

「計算浴缸的容積和水龍頭的出水量，算出放滿浴缸的時間，這只是小學生的算數問題。鯨井先生，你身為第一發現者，在等待警察抵達之前所做的事——非做不可的事——就是拴緊打開的水龍頭。」

除此之外，當然還有其他要做的瑣事——今日子小姐說。

「這就是你必須成為第一發現者的原因。」

「……你是認真的嗎？今日子小姐。」

「我是認真的。」

今日子小姐一本正經地說。

「還是說，這個推理有瑕疵嗎？你有什麼想反駁的？」

「當然有。」

雖然嘴上這麼說，但鯨井其實已經死心了。這只不過是應觀眾要求的反駁，為了讓今日子小姐便於說明，於是無奈粉墨登場敲邊鼓。

「第一，要把吹風機垂掛在沒有水的浴缸裡，考量吹風機的重量會是可行的嗎？吹風機會因為本身的重量而從插座上鬆脫吧？就更別說開關還是開著的了。第二，宇奈木怎麼可能沒注意到這個機關？你不會要說那傢伙是默不作聲地眼睜睜看著風力調到最大的吹風機就這麼開著吧？第三，那傢伙沒事坐在空蕩蕩的浴缸裡做什麼？」

「是。是。是。」

今日子小姐捧場地一一點頭——大概是打算待會兒再一次回答吧。於是鯨井也毫不保留地說出最後一個，也是最根本的疑問。

「第四，就像你剛才講的，假設真的有設下那樣的機關——也不能證明我就是兇手。」

雖然他的不在場證明可能無法成立，不過那原本就與完美相距甚遠。

「我身為第一發現者，就算把涓涓細流的水關掉，或許也只是『沒想那麼多』就關了它不是嗎？即使沒有明確的理由或必然性，但是看到沒關的水龍頭，平常不是也會想要把它拴緊嗎？」

「是會想要拴緊呢。因為我是那種看不慣邋遢的性子。」

「既然如此……」

「你可能誤會了，我從頭到尾可都沒說過一句『鯨井先生是殺害宇奈木先生的兇手』這種話喔。」

「欸？」

的確——沒說過。一句都沒有。

「我只是看到不在場證明就想要推翻而已——事實上，我也這麼做了。剛才說『就算沒有不在場證明，也不等於就是兇手』，你大可以當作完全就只是字面上的意思。只不過——如同鯨井先生仔細條列指出的那些疑點，這個不在場的詭計有很多牽強之處。是呀，以定時裝置來說雖然很簡單，也做得很好，但是以殺害手法來說，未免也太多破綻。如果真要用這種方法殺死一個人，至少要先補強吹風機的插頭，以免它因為本身的重量脫落，而且也必須讓宇奈木先生昏迷，將他固定在浴缸裡才行。」

「……像是把他綁起來，或是用藥迷昏他之類的嗎？」

「因為只要把吹風機踢到浴缸外就能得救了，所以除非把他五花大綁，否則這個詭計是無法成功的。而且不管是用藥物還是用什麼手段，就算讓宇奈木先生睡著……」

今日子小姐用手指比出手槍的形狀……不，那不是手槍的形狀，似乎是暗喻吹風機。

「那把吹風機的風力很大，會發出很大的聲音。要是熟睡到那玩意兒在超級近距離之內轟隆作響還醒不過來，遺體上應該會留下些痕跡。」

但卻完全沒有被綁的勒痕，也沒有藥物的殘留——今日子小姐說道。

「總歸一句話，為了製造不在場證明而用這種方法殺人，實在是愚不可及。如果一定要成功，則會增加許多非做不可的工作，或許真的能夠殺死對方，可是搞到不在場證明不成立的可能性也太大了。」

今日子小姐斷言。

實際上，鯨井的不在場證明的確也沒能成立……雖然原因完全與她說的完全無關。但是先不管這些——

「今日子小姐，距離說好的五分鐘，只剩下一分鐘嘍。」

鯨井指著游泳池畔的時鐘說道。

「十分足夠了。」

今日子小姐露出遊刃有餘的笑容回答。

「用這種方法殺人實在太蠢了——但若因此就認為是意外，事到如今也是同樣蠢。頭髮很短的宇奈木先生在浴缸裡用電線不夠長的吹風機吹頭髮，未免也太不自然了。就連小學生也知道那樣很危險——巧的是肘折警部打從一開始就這麼說了呢。他說邊洗澡邊吹頭髮，根本是自殺行為。」

「……」

「自殺行為……沒錯，正是如此。宇奈木先生的死是自殺。鯨井先生——我想你當然是知道的。」

17

「自殺……這麼想來，一切就都合情合理了，至少可以解決鯨井先生剛才提出的所有問題。如果是自行躺進沒有水的浴缸裡等待水放滿，就不需要捆綁或藥物，吹風機的噪音也只要靠自己的意志力忍耐就好——然後自己用手捧著吹風機，就能讓插頭不會因為吹風機本身的重量而鬆脫。」

雖然會留下指紋，但既然是自己的指紋，也沒什麼問題吧——今日子小姐終於把一直比成吹風機形狀的手指收攏。

「換句話說，吹風機既是定時裝置，也是自殺時使用的輔助工具。身為第一發現者，你所做的僅僅是收拾自殺現場——對吧？最近之所以會和宇奈木先生有電話聯繫，也是宇奈木先生要拜託你這件事吧？」

「……你的想法太天馬行空了，我一整個跟不上哪。前途一片光明的奧運代表候選人，怎麼會想自殺？」

「以獨居的單身男性而言，他的房間整理得過度乾淨。可是若將那視為要走上黃泉之路的準備，就一點都不牽強了。」

今日子小姐接著問鯨井。

「錢之所以不見，是他當作酬勞給了你嗎？」

會這麼問，表示忘卻偵探也不是對一切都瞭然於心。

「我怎麼知道。不是早揮霍光了，就是捐出去了吧。」

「這樣啊？好吧，就當是這樣好了。」

關於錢的去向，鯨井是真的不知道，所以只能打馬虎眼，但今日子小姐倒是非常乾脆地不再追問。他正覺得奇怪，她又接著說。

「我並不認為你這麼做是為了錢。」

「說得好像你都知道似的。」

「因為我真的知道啊。」

「假設宇奈木是自殺的，為何我非得拚命製造不在場證明呢？不就是因為我殺了宇奈木，才必須製造不在場證明嗎？」

「之所以需要製造不在場證明，並不是因為你殺了他，而是因為你會被懷疑。因為你和宇奈木的關係原本就不和睦，偏偏你又是第一個發現遺體的人──所以不在場證明是絕對必要的。正因為你不是兇手，才需要可以證明這一點的證詞。」

「假設……我只是假設，假設我和宇奈木真有這樣的協議，難道是宇奈木打電話給我，好心給了我像是『嗨，我決定要去死了。所以我死掉的時候，你要做好不在場證明喔』之類的忠告嗎？」

「他大概真的這麼說了吧，可能幾乎就是照你說的那樣。」

原本是想要挑釁她的，結果行不通。

看似溫婉文靜，但內心相當有主見。

「他或許還說了『相對地，有件事想請你幫忙』之類的吧？就是要你收拾自殺現場。」

「乍聽之下是很合理，但這也太奇怪了吧。要是那樣，根本不需要搞那些機關。大可不用等熱水一點一滴地放滿，直接在跟我約好的時間把吹風機丟進浴缸裡就好了。既然已經證明有人玩弄這種詭計，不就等於是證明了這個案子是起殺人案嗎？」

「不是等於，而是近似於。」

「近似於？」

「意思是宇奈木先生的目的，就是要讓大家這麼想——使用平常不用的吹風機、採取如果視為意外就會留下疑點的死法，用假裝遭人殺害般的方式自殺。不但不留下遺書——還拜託你前往現場善後。」

因為宇奈木先生不希望別人知道他是自殺的——今日子小姐若有所指，

語氣凝重地說道。

「如同你剛才說的，他是前途一片光明的奧運金牌候選人——所以才不願讓世人知道他的內心會軟弱到選擇自殺。」

「……我真羨慕你呀，今日子小姐。」

「什麼？」

「我是說我很羨慕你，羨慕你可以這樣毫不遲疑地說別人自殺是因為內心軟弱，今日子小姐。」

像我就沒辦法說得這麼白。

因為我也曾經見過地獄。

他完全沒有立場指責偵探，所以幾乎只是遷怒於她——但鯨井還是無法不這麼說。

「像這種游泳池底潛水前進的游法，我就沒辦法。」

「正因為你無法這麼做，宇奈木先生才會不計前嫌地請你幫忙吧。」

今日子小姐絲毫不以為意，微微一笑。

「像是請朋友幫個忙似的——拜託你拴緊水龍頭。」

「……你只說錯了一件事。」

鯨井從長椅上站起來說道。那只是一件芝麻綠豆大的小事，或許根本不該說，但是聽她這種好像鯨井和宇奈木其實現在也還有交情的說法，讓他覺得坐立難安，不說點什麼不痛快。

「那傢伙拜託我的，不只是拴緊水龍頭而已——真要說的話，那不過只是附帶的。」

「附帶的？那他主要的訴求是什麼？」

「你看過宇奈木屍體的照片嗎？」

今日子小姐搖頭。

就算看過，可能也忘了。

「那麼，麻煩你去看一下。那傢伙死時表情可是十分平靜的，平靜到難以想像是電死的端正死相。那也是當然，因為是我動手整理過了。」

雖說是整理，也只是把睜開的眼睛闔上，讓嘴巴也閉上罷了……但光是這樣，給人的印象就會截然不同。

「我不是說過嗎？他是個很愛打扮的潮男。就連自己死後的評價也在意得不得了——我則對那傢伙的這一點恨之入骨。」

「……真不合理呢。」

可是，今日子小姐卻這麼說。

「不過吸引目光也是游泳選手的職分——別人怎麼看是很重要的吧。」

「今日子小姐，我會被判什麼罪呢？損毀屍體……嗎？」

「我不曉得。我對法律不熟，只知道理念和原則。」

「偵探這樣不行吧？」

「因為我就算學過也會忘記呢。我所能依據的，淨是一些傳統的古老價值觀。」

今日子小姐說完，也站起身來。

「你把遺體整理得體面，與損毀兩字給人的印象應該是相去甚遠——就連協助自殺能否成立都很難說。因為你只是知情卻沒有阻止而已……不過，把水關掉或許會構成湮滅證據，這點還請找肘折警部商量，我想他一定不會害你的。」

「那真是太好了……今日子小姐。」

鯨井說到這裡，看向時鐘——剛好五分鐘。雖然還有事想問、還有話想說，但還是在這裡畫下句點才識相吧。

然而還有一件事想問——他說服自己這可以當作是傷停時間（Additional Time），繼續詢問身穿泳裝的偵探。

「雖然剛才我說了一些責怪你的話……但是就連我，也不是很明白宇奈木的心情。對於那傢伙結束自己生命的行為，也不是很能接受——關於這件事，我不曉得該抱持什麼樣的感想才好……我可以同樣用『原來也有人想著這麼有趣的事啊』，來為這樣的結局做個結嗎？」

「不行喔，因為這是現實。」

請永遠這麼煩惱下去吧。

今日子小姐嚴峻而冷酷地說。

「雖然我明天就會忘記了——但是不管再怎麼不情願，還請你永遠記得宇奈木先生。」

「……」

「那麼，鯨井先生。」

今日子小姐頂著還沒全乾的白髮，轉向鯨井，深深地一鞠躬。

「下次有緣再見面時——你要再從頭追求我喔。」

18

「如同今日子小姐所言，宇奈木先生身為運動選手的最佳紀錄最近似乎一直無法更新。只不過，再怎麼說，那也只是數字上的停滯。詢問過他身邊的教練及朋友，都不認為他會自殺。」

在健身房外與今日子小姐會合的肘折警部邊走邊向她報告，因為在游泳池裡游了泳，今日子小姐的眼睛變得紅紅的，加上那一頭白髮，感覺有點像是兔寶寶。她似乎不怎麼意外的樣子，只是微微頷首。

「或許對愈是親近的人，愈無法坦白內心所想也說不定。所以只能向與自己撕破臉的鯨井先生求助——大概是這樣吧。」

「鯨井先生答應這件事的理由呢？應該沒有牽扯到金錢交易吧？」

「但好像也不是基於友情。硬要說的話，可能是種男子氣概……也可以說是想要帥吧。這點倒是和『不想讓人知道自己的死是自殺』的宇奈木先生頗有異曲同工之妙——或者該說是物以類聚哪。」

「……他們到底算是朋友，還是不算朋友啊？」

「大概都算是小男生吧。」

今日子小姐聳聳肩，微微一笑——語氣聽起來頗為愉悅，或許只是開玩笑。不管到底是怎樣，接下來都是警方的工作了……既然沒有能馬上把他帶走的證據，肘折警部也只能等鯨井主動投案吧。

他已經不會逃跑了——今日子小姐為他背書。

「那麼，肘折警部。這件事到此告一個段落，我沒有要催你的意思，但是你差不多該付錢了。」

到了車站，今日子小姐的角色從偵探變成了經營者——現在是晚上十點，「今天」只剩下兩個小時。置手紙偵探事務所的收費原則，基本上是在當天以現金支付——因為到了第二天就會忘記，所以不得不這麼做。

「我當然知道。你看看，我早在白天就已經準備好了。請點收一下。可以給我收據嗎？」

肘折警部說著，從西裝內側口袋掏出信封，鄭重其事地遞給她——今日子小姐先是用比美經驗老到銀行員般的手勢清點裡頭的紙鈔，接著有些狐疑地側著頭。

「不好意思，肘折警部。這樣我不能開收據給你。」

「咦？奇怪，是數目不對嗎？」

今日子小姐的口吻固然平靜有禮，卻以一種比起指出事件真相時還要凌厲的視線直指肘折警部的疏忽，害他有點招架不住。

「我應該有如數準備好你要求的金額才對……啊，對了，我想起來了。

你可能弄錯了啊，今日子小姐。你不是說過，願意免收消費稅，也就是定價打九折嗎？」

肘折警部糾正她。

「我哪有說過。我完全不記得。」

忘卻偵探如是說。

第二話

今日子小姐的密室講座

1

「哎唷，身為善良的市民，我是很想協助各位調查的，可是很不巧，我完全不清楚呢。就像我剛才說過的，我完全不曉得事情為什麼會變成這樣。無法幫上您的忙，我真的感到非常抱歉。」

被視為命案兇手的那個人，裝出一副打從心底感到抱歉的模樣，厚著臉皮這麼說——要說是「兇手推託用經典對白」也的確是，但實際上卻意外地是相當難以應付的棘手說詞。不提任何彆腳的藉口，也完全沒有要解釋的意思，就只是一再強調自己毫不知情——雖然不說謊、不打馬虎眼，然而提到案情也一問三不知，若要找出證詞的矛盾，或以辯證的方式逼問她，也有如登天之難。可能想破頭、說破嘴，也無法換來「不好意思，是我幹的」的自白——或許是吃定了這點，嫌犯又補了一句。

「因為我真的對當時的事沒有記憶。」

說話面不改色，態度遊刃有餘。

殺了一個人，卻絲毫沒有反省及後悔的樣子——倒也不能這麼說。或許是為了保護自己，已經不顧一切了。要這麼想，反而還會湧起一股類似同情的感覺——但，與這樣的嫌犯面對面的她卻非如此。

滿頭白髮的偵探——掟上今日子，對嫌犯堅不吐實的態度卻絲毫不為所動，反過來說，也沒有半點同情對方的樣子。

「真不好意思，那是我的台詞。」

她維持笑容可掬。

「沒有記憶的，是我。」

2

——密室殺人什麼的，終究是只有在推理小說裡才會發生的幻想故事，不會發生在現實的世界裡。

這種話才終究只會出現在推理小說裡——遠淺警部心想。雖然沒告訴過任何人，但若是讓受到小時候愛看的推理小說影響，才會決定要當警察的他來說一句，這種話才是不知在故事裡看過多少次。

然而，要說到現實與幻想的不同，「密室殺人案」其實充斥在現實世界裡——當然，嚴格說來，那並不像發生在推理小說裡的密室殺人案，不會有荒誕無稽的詭計，也沒有會讓聽眾驚嘆的解謎——有的只是兇手「想把屍體藏起來」、「不想讓屍體被發現」之類，多少算是迫切的實際動機。

為了不讓罪行曝光，而想把屍體藏起來——當然也有這個原因吧，但是不想面對「殺了人」這個不動如山的事實，想把屍體排除在自己的視野所及之外的這種心情——應該是更為強烈吧。

不是想將其關在裡頭，而是想將其關在外面。

所以才會把屍體塞進無人的房間。

喀嚓一聲把門鎖上。

製造無法從外面干涉的密室——從過去到現在，遠淺警部已經處理過無數個這樣完全不會讓推理小說迷感到興奮期待的密室。

總之，出現在推理小說裡的命案和實際發生的命案最大的不同，或許就在於兇手的思考邏輯——但這也不是要說「要是有足以想出超凡詭計的聰明才智，才不會冒著這麼大的風險殺人，應該衡量得出這程度的利益得失」這種也算是常出現在推理小說裡的經典台詞就是了。

按照遠淺警部的定義，推理小說的犯人和偵探是不分軒輊的對手，必須處於同樣的高度才行。就算詭計被揭穿、就算被挑明說是犯人，也必須紋風不動，乾脆俐落，甚至是落落大方地敍述之所以會染指犯罪的前因後果。犯人和名偵探一樣，都必須擅於演說才行。

可是，實際上並沒有那樣的犯人。

他們絕大部分都是被逼到狗急跳牆於是不得已，或是一時衝動犯下彌天大罪，光是掩飾罪行就拚上老命——仔細想想，在法治國家裡，殺人犯的對手不是什麼偵探，而是和國家為敵，要能保持正常的精神狀態才有鬼。

這件命案的兇手肯定也是因為恐懼被捕，混亂至極之下才會製造出這種莫名其妙，別說是不知意圖何在了，根本是不知意義何在的密室。

遠淺警部如此認定。

（只不過要說是密室，這密室還真小啊——地點也頗為奇特。）

與其說是奇特，不如說是很不習慣。

比起密室，比起命案，這地點還真讓人不習慣。

命案現場是位於流行服飾店鋪裡的更衣室——亦即所謂的試衣間。那是一家以年輕女性為主打客層的品牌門市，對於已經四十好幾的遠淺警部這個中年男性來說，是八竿子也打不著的場所——剛才他還不小心說成「衣服店」，引來部下一陣竊笑。

死者是屋根井刺子。

據說她是這家服飾店「Nashorn」的常客——今年二十二歲，是個獨居的上班族。

不論累積多少經驗，遠淺警部還是無法習慣命案現場，每次都會覺得不舒服，尤其當死者是年輕女性時，更是令人心情黯淡。死者那頭染得光鮮亮麗的頭髮和大大的平光眼鏡，做為裝飾屍體的要素也實在太脫離現實。

死因是遭鈍物重擊致死。頭部受創一擊斃命。

掉在現場——試衣間裡的衣架被視為是凶器。把原本只是用來掛衣服的存在，幾乎與人命扯不上關係的道具拿來當成殺人工具，讓人感到甚至是有些滑稽，但是當然，這件事並不好笑。

更何況，和遠淺警部平常去買衣服時常見的不同，不是用鐵絲或塑膠製成的輕量級衣架，而是厚重的木製衣架——腦袋被這種衣架敲到，肯定會受到相當傷害，要是剛好敲到要害，當然也會死人吧。

衣架是這家店裡平常在用的東西，上頭還刻著品牌名稱。這麼一個衣架的價格大概比遠淺警部的大衣還要貴吧……不過這一點都不重要。

重要的是，衣架是這家店自行設計的東西。警方推斷兇手是情急之下隨手拿起這個衣架，衝動地往死者屋根井刺子的頭上砸。換句話說，並不是有計畫的犯案——誰會想到要用衣架來殺人呢？死者掛掉了，最驚慌的大概是兇手吧——因此。

兇手製造了密室。

把凶器和屍體塞進試衣間，喀嚓一聲把門鎖上——

（……沒辦法喀嚓一聲吧）

也沒辦法砰一聲把門關上。

畢竟是試衣間。要說門嘛，只有一片輕飄飄的簾子；要說鎖嘛，也不是真的鎖上，只是用個鉤子簡單地勾住。

不會發出聲音。

不管從裡頭還是外面都可以輕易地打開——像這樣，只能說是徒具形式的密室。

雖是狹義的密室，說穿了甚至不用解開鉤子，只要從簾子底下還是可以鑽進去。

頂多就是讓人在試衣間裡試穿時春光不外洩而已——姑且因為有天花板所以無法從上方入侵，但是由他這個推理小說的忠實讀者來說，這種空間及系統，實在稱不上是密室。

（只不過——）

只不過，除了密室的構造以外，還有必須要思考的部分。其實，那才是比密室還要奇妙，還要不可思議的謎團──

「請問……」

「哇！」

背後突然傳來聲音，把他嚇得跳了起來──還真的跳了五公分高。不，這並不是因為遠淺警部特別膽小。相反地，練過警察劍道、警察柔道的他，精神算是相當頑強的──只是正因為如此，像這樣被人無聲無息乘隙站在背後，衝擊還是非同小可。

即便是站在命案現場集中精神在想事情，但是自己居然沒發現有人靠到這麼近──到底是從什麼時候跑到我背後的──邊想邊回頭，但眼前卻沒有半個人。

喂喂，該不會是聽到死者冤魂不散的聲音吧？他腦中瞬間閃過推理小說的忠實讀者不該想到的靈異現象，結果，只是因為身高差太多。

稍微把視線往下移，只見有個戴著眼鏡、滿頭白髮的女性，臉上滿是笑意地站在那裡。厚厚的圍巾搭牛角釦毛大衣，腳下踩著及膝的長靴——就連沒什麼品味的遠淺警部也看得出來，那是很有整體感的打扮。

「啊，呃……這、這個，不好意思，小妹妹。現在，這間衣服店……這間服飾店禁止閒雜人等進入……」

她那滿頭白髮非常有特色，不像是染的，所以很難判斷她的年紀，但是恐怕和死者差不多，都只有二十多歲——正是服飾店「Nashorn」的主要客層——看來是個時髦的女生，大概是要來買衣服的，遠淺警部雖然有些困惑，但還是判斷必須把她趕出去。明明已經拉起封鎖線，還有人站崗，真不曉得她是怎麼混進來的。

「不不不，這裡的確陳列著許多令人眼花繚亂的漂亮衣服，但我並不是客人。」

「咦？」

判斷錯誤，讓遠淺警部愣了一下。滿頭白髮的女子拿出名片，深深地低下頭。

「您是負責現場的遠淺警部對吧？初次見面，我是來協助調查的置手紙偵探事務所的所長——掟上今日子。」

3

他聽過掟上今日子的傳聞。說得更明白一點，她是個名人。傳說中的忘卻偵探。

無論什麼案件都能在一天內解決，速度最快的偵探——說說回來，那是因為她具有記憶每天都會重置的特性，如果不在一天內解決問題，就會把案件的事、兇手的事、推理的事全部忘得一乾二淨，速度最快只是必然。

從如果不最快就無法當偵探這點來說，不禁讓人聯想到一旦停止游動就會死的魚類——當然，這一切都奠基於她是個能力高強的偵探，才能以「最快的偵探」暨「忘卻偵探」闖出名號。

彷彿推理小說裡會出現的名偵探。

這麼說其實有些語病，總之若說問她為何會來到服飾店「Nashorn」，則似乎是出於署長多管閒事的好意。

她經營的置手紙偵探事務所（但旗下的偵探好像只有今日子小姐一人）經常以協助調查的名義，被請到案發現場——雖說警察請偵探幫忙這種事，就算沒有法律上的問題，也很難逃過世人的批判，但倘若對方是忘卻偵探，那事情就又另當別論了。

因為她會把「接受了警方委託」的事實，也隨著事件的內容一併遺忘，可以百分之百地遵守保密協定，不會留下任何後遺症。

不，一開始或許是基於這樣的理由才請忘卻偵探協助調查的，但如今就算不是這樣，警署可能也會請她幫忙——從此可見她對多少案件的偵辦做出了貢獻。例如媒體炒得沸沸揚揚的「保特瓶命案」、事情真相永遠無法得見天日的「大團圓殺人事件」之類，就遠淺警部所知，也有很多同事是因為撿了她解決懸案立下的功勞，才出人頭地的。

正因為如此，她才能不靠任何身分證明，就如入無人之境地進了拉起封鎖線的店內——在這之前，遠淺警部也從未見過這位忘卻偵探。

的確是初次見面。

倒也不是故意避著她，只是遠淺警部不管面對多麼困難的案子，也不曾向上司求援過。就算有機會，他也沒想過要去找滿頭白髮的忘卻偵探。

由於是到了隔天就會忘記一切的忘卻偵探，就算跟她共事過再多次，下一次又在案發現場相遇時，依舊得從「初次見面」開始從頭來過——遠淺警部已經不只一次聽到這樣的抱怨（也就是說，雖然在案發現場的警官都認得她，但是她卻完全不記得站崗的員警長什麼樣），但這次自己和她則真的是不折不扣的「初次見面」。

之所以不去找忘卻偵探，是認為身為警察公務人員的專業自尊，絕不容許自己委託民間偵探辦案——可惜並非如此。如果能有這種類似威武不屈的帥氣堅持，心情該有多輕鬆——事實上，只是出自單純的嫉妒。

遠淺警部的確是看了推理小說，受到其影響才當上警察的，但是如果說這份工作是他的第一志願，當然不是這麼一回事——可想而知，他的第一志願絕對是三兩下就解決難題的「名偵探」。

只是，就算有「偵探」這種職業，也沒有「名偵探」這一行——現實世界裡的偵探，是一種調查情報的職業，而不是搜查辦案的職業。

因此，做為僅次於最佳解的答案，遠淺警部選擇當個警察——畢竟在推理小說裡，也有很多由警察擔任偵探角色的傑作。

只可惜在人們印象中，推理小說裡的警察機關多半還是用來襯托名偵探的角色，這點讓遠淺警部很不甘心。明明實際接觸案件，與犯人對峙，維持治安都是警察的工作——當這樣有點自憐的矛盾糾結在心中之時，他聽聞忘卻偵探的傳聞。

不是揶揄，而是真的被稱為「名偵探」的她——宛如出現在虛構故事裡的偵探般，受到警方委託前來協助調查的存在，看在遠淺警部眼中，是羨慕到不能再羨慕的對象——正因為如此，他才不曾請她幫忙——直到今天。

被害妄想到了這個地步，幾乎有點像是強迫觀念了，但是自己身為警察，使出渾身解數這麼努力地走到今天，可不會情願隨著名偵探的登場，就被降格到襯托的角色。

然而實際這樣面對面，感覺卻跟他原本以為的大相逕庭。眼前的她沒有出現在推理小說裡的偵探那種強大的壓迫感，只是個感覺溫和，看起來嫺靜優雅的女性。就像意外地在現實世界裡所在多有的密室，也大多和想像中的不同般，現實世界裡的名偵探，也不見得都會叼著菸斗……

「小妹妹，感謝你願意幫忙，但我想這案子並不需要勞煩你出馬，還請回吧……」

雖然因為一切發生得太過於突然，讓他的反應稍微慢了半拍，遠淺警部總之還是開口先請她離開——還好現場蒐證幾乎都已經結束，部下們正在三樓的辦公室向這家店的員工問話，所以賣場只有遠淺警部一個人。他打算在被人看見以前，委婉地打發她回去——站崗的警官雖然也目擊到她的白髮，但是只要好好地堵住他的嘴一樣是沒人知道——遠淺警部心中如此盤算著，只是話才說出口，就發現她已不見人影。

突然出現的她又突然消失了。在遠淺警部慢了的那半拍之間，偵探已經以迅雷不及掩耳的速度——走向試衣間。

「雖然已經移開了，但遺體原本是在這裡吧？沒有留下血跡，是因為死者沒有出血嗎？」

「啊……請、請別這樣，小妹妹。」

遠淺警部趕緊衝向已經自顧自地開始調查起來的她身邊——最快的偵探「只要目光稍微離開就會採取下一個行動」的速度，似乎比傳聞中更迅速。而且，遠淺警部的目光剛才根本沒有離開她身上……

不過即使動作快，或許還是有點少根筋，因為她蹲著看得起勁的試衣間「隔壁」才是發現死者屋根井刺子屍體的那間——雖然構造是一樣的。

「請不要再叫我小妹妹了。我雖然不記得自己的出生年月日，但至少也號稱二十五歲，已經不是可以被叫成小妹妹的年紀了。」

不介意的話，請叫我今日子小姐——她轉過頭來笑著說。

雖然他不想叫她叫得這麼親暱，但是一直叫人家小妹妹，的確也很失禮——遠淺警部雖然是自以為客氣才這樣稱呼她的，但如果惹得對方不高興，也沒有意義。

「今日子小姐，被害人是陳屍在隔壁的試衣間。」

「哎呀，是這樣的嗎？」

「呃，不是左手邊，而是右邊那間……」

試衣間一共有六間，連成一排，屋根井刺子則陳屍在從右邊數過來第三間——只是在那間裡頭也是沒有血跡，更沒有殺人的痕跡。而正如她——今日子小姐所說，死者雖然頭部受到重擊，卻沒有出血。

真不愧是名偵探，不用看到屍體就推理出事實——遠淺警部差點心生如此感慨，但這其實是他太過妄自菲薄。就算是夏洛克・福爾摩斯，連現場都跑錯也是推不出什麼理的。

「嗯哼，我也不曉得呢。」

實際上，今日子小姐對於自己搞錯死者陳屍在哪間一事，似乎也沒感到絲毫丟臉或抱歉，只見她動作俐落地脫下長靴，鑽進方才發現屍體的那間試衣間——鑽進試衣間？

這一連串動作倒是不快，但由於是非常自然的動作，所以即便目睹她在自己面前做出如此暴行，遠淺警部卻無法及時阻止她。

做夢也沒想到她會這麼做，人只要有點神經，應該不會想鑽進剛才還有屍體躺在裡頭的試衣間吧——雖說由於蒐證已經結束了，就算有人鑽進去，也沒什麼特別不方便就是。

「等等，今日子小姐……」

「請稍候。」

簾子唰地一聲拉上。

伸出去的手只差一點就可以攔住她了——但果然沒有發出喀嚓的聲音。然而從簾子不自然的擺動可以得知，在拉上的同時，鈎子也勾上了。

猝不及防地現身，也沒徵求同意，就自顧自地擅自封鎖案發現場的行為，就算她是受署長所託來的偵探，依現場的判斷把她抓起來也不奇怪——可是這樣看來，似乎得收回剛才說的話才行。

光是用簾子隔開、只能勾上鈎子的試衣間，不過只是殘缺不全的密室，從外側也可以輕易地打開，再不然也可以從簾子底下鑽進去——遠淺警部雖曾這麼認定，但實際上遇到這種狀況，還真沒有出手的餘地。

即使是物理上破綻百出的密室，在心理上卻有如焊接的鐵板一般，是個牢不可破的密室——因為，從試衣間裡正傳來衣服窸窸窣窣摩擦的聲音。

她在脫衣服嗎？

原本就是是試衣間，這也僅是正常使用——但這麼一來，那現在就不能拉開眼前的簾子了。一旦她尖叫起來，可是會引起大騷動的——遠淺警部才不想看到聽到尖叫聲的部下們，兵荒馬亂趕來的局面。

「請問……今日子小姐，你在做什麼？」

「當然是在換衣服啊。」

「喔、不，可以的話，請你不要在命案現場換衣服好嗎……」

「讓你久等了。」

出乎意料的展開令遠淺警部手足無措，只能隔著簾子向她喊話，還搞不清楚狀況，那道簾子又唰地一聲被拉開——只見今日子小姐已經完全換了一身打扮。

她穿著白底紅格子的寬鬆連身洋裝——七分袖，裙子長度也短了一點，底下露出窄管褲。

嗯——就連遠淺警部也注意到了。

雖然看在他眼裡，所有的衣服（尤其是女裝）看起來都一樣，然而此時此刻，他也注意到今日子小姐換上的衣服是這家服飾店「Nashorn」的商品——畢竟，連標籤都還掛在上面。

看樣子，在她鑽進試衣間的同時，不知什麼時候也順手拿了展示在一旁的衣服，而且還遵守著一次最多只能帶兩件衣服進去的規定。

「呵呵呵，這個牌子真的很好看，我可能會愛上呢。」今日子小姐邊說邊把拿在雙手的兩個衣架的其中一個遞給遠淺警部。他不明所以地接過時，聽到她這麼問：「凶器是跟這個一樣的衣架吧？」

喔嗚——遠淺警部心想。

她怎麼會知道凶器是衣架？還以為她怎麼突然就換起衣服來——正想

說她換衣服的速度未免也太快了——難道是她在簾子的另一邊進行偵探特有的現場檢視嗎？明明已經沒有屍體，也沒有痕跡。

「喔不，只是剛才碰巧與像是鑑識的人擦身而過，是他們告訴我的。」

「……」

這回答真令人跌破眼鏡——可是仔細想想，倒也不是太令人跌破眼鏡。雖說大家都認識她，不過要從擦身而過的鑑識人員口中問出這些調查情報——即使偵探原本就擅長調查，這也並不容易。

今日子小姐似乎是為了準備衣架……跟凶器同樣的東西才換衣服的。而準備兩個……莫非是自己的份和遠淺警部的份嗎？

只要把掛在上頭的衣服拿下來就好了，有必要換衣服嗎？

「沉甸甸的，是很堅固的衣架呢。的確，用這種東西打下去，真的會一擊斃命也說不定。」

今日子小姐抱著剛才還穿在身上的衣服走出來——跟脫的時候一樣，穿鞋的動作確實也有如行雲流水。長靴應該是要花很多時間穿脫的鞋子，但她在穿的時候簡直就像穿涼鞋一般迅速。

「沒錯……可是，一般人不會想到要拿這種東西當凶器吧。」

「是呀。被這種東西殺死，死者也很鬱悶吧——話說回來只要被殺，被什麼東西殺死都會很鬱悶才是。」

「所以是一時衝動而下重手吧。原本沒打算殺死對方，只是抓住剛好在手邊的衣架打下去——天曉得被害人會死。」

「或許吧。但也或許是故意要讓別人這麼以為。」

今日子小姐走出試衣間，這下又在附近商品區走來走去，一一檢視起擺在架子上的帽子和鞋子。看她這樣，實在跟平常來購物的顧客沒兩樣。

「故、故意要讓別人這麼以為？什麼意思？」

「我的意思是說，或許兇手就是要讓別人以為這是一時衝動、沒有計畫性、沒有殺意的行為。如果不是蓄意殺人，而是過失致死罪，刑責就可以減輕一點呀……那麼，這件命案的兇手可就很難對付了。因為一般而言，兇手滿腦子想的都是不要被捕，但是這個人就連被捕時的情況也考慮進去了。」

這是遠淺警部不會有的想法。

即使不會演變成過失致死，但是否為有計畫的犯案，在法庭上也會成為重要的論點。

倘若如同出現在推理小說裡的犯人，擬訂縝密的計畫，花很多時間動手犯案，被捕的時候通常會罪加一等——因為會被認定情節較為惡劣。相較起來，一時衝動、沒有計畫性的犯案，反而容易被判定為「沒有惡意」——只要徹底地表現出反省的態度（就算沒有真的反省），刑期也可以縮得相當短。要是律師夠能幹，甚至還可以得到緩刑吧。

如果兇手真的計算到這一步，的確可以說是非常棘手——比起偽裝成意外的殺人還要惡劣。當然，不要被抓是再好不過了，但是藉由刻意扮演稚拙的罪犯企圖即使被捕也能被從輕發落，這種想法的轉換真是令人咋舌。

用手邊的衣架做為凶器、製造單純的密室——雖然遠淺警部已經勾勒出一名心理素質不高的兇手形象，但看來此時此刻最好把這些都丟掉——萬一陷入那樣的迷思，可能會栽個大跟斗。

這時。

「啊！」

遠淺警部猛然回過神來。不知不覺之間，他已經被捲入今日子小姐的步調了。被偵探搶走主導權——這不就真的成了襯托偵探的警部嗎？

現在可不是佩服她的時候。

「請……請問，今日子小姐。」

「是，什麼事？」

「顯然是出了什麼差錯，一定是署長有所誤會。讓你在百忙當中特地過來一趟真不好意思，但是這個案子的人手很充足，並不需要你的協助。還請你……」

遠淺警部重新打起精神，下定決心要把偵探趕走。不過傳統上「企圖趕走擅自闖入現場的偵探之食古不化的警部」，也是一看就知道的幫陪襯——

只見今日子小姐拿著衣架，搖了搖手說道。

「請不用費心。」

明明不是什麼大不了的動作，但如今知道那玩意兒可以殺人以後，她這手勢總讓人覺得具有威嚇的意味。

「因為署長委託我協助的業務並不是辦案，所以我也不會對遠淺警部的作法或推理多所置喙。」

署長大人跟我提過，負責現場的遠淺警部非常優秀——今日子小姐說。遠淺警部原本還有點怨恨擅自找偵探來的署長，得知他這樣形容自己之後，不禁有些心虛愧疚。

既然如此，今日子小姐是為了什麼而來？

「該說是助手嗎……署長拜託我來提供一點建議。畢竟，遠淺警部這麼個大男人，身於這樣的服飾店裡，可能會有些不知該從何著手的地方吧。」

是這樣啊。

即使內心多少還是認為署長實在多管閒事，可是憑良心說，遠淺警部也感到頗為慶幸——之所以把訊問店員等相關人士的工作整個丟給部下，也是因為自己對時尚界的專業術語完全是鴨子聽雷，和店裡這群人講起話來彷佛迷失在異國街道，語言完全不通的緣故。

雖說部下們是年輕些，比遠淺警部佔有優勢，但似乎仍然是陷入苦戰，他也想過要請求支援，心想有個女警至少會好一點——沒想到署長已經先幫他打點好了。

換句話說，今日子小姐這次不是以偵探的身分，而是以穿搭達人的身分被請到現場來的。的確，就連時尚大外行遠淺警部也看得出她有多時髦，想必一定能夠輕鬆勝任吧——聽說，掟上今日子從來沒穿過同樣的衣服。

當然，這其中也有署長刻意藉由遠淺警部較能接受的方式，好促成他和忘卻偵探接觸共事的意圖吧……

「這樣的話，那就請你多指教了。畢竟我對衣服的事一竅不通……」

遠淺警部自己也覺得如此態度轉變太明顯，但一知道偵探並不是來推理辦案，也就老實地請求她協助。

「好的，包在我身上。我絕對不會干擾遠淺警部辦案的。」今日子小姐說道。「話說回來，遠淺警部，可以請一位店員過來這裡嗎？」

「……？為什麼？」

戒心頓時升高。

在服飾店內進行調查時的時尚知識顧問……她不會是想要以幫忙翻譯時尚用語之名，行推理辦案之實吧。

「我想買下這件洋裝和牛仔褲……但是櫃台沒有任何人。」

今日子小姐說道。

原來如此，居然是要在剛發生過命案的店裡買衣服——身為時尚顧問，這膽量的確是讓人感覺還挺牢靠的。

4

老實說，忘卻偵探的口譯功力非常了得，在三樓辦公室對店員及客人們——發現屍體時正在店內購物的客人們——進行的偵訊原本遲遲沒有進展，在她加入之後便進行得十分順利。

曾耳聞她是最快的偵探，但看來不只是她自己的辦事效率快，還能提昇周圍的速度，真是令人敬佩不已。

因為今日子小姐的記憶每天都會重置，遠淺警部滿擔心她會搞不清楚最近的潮流，畢竟時尚界是個瞬息萬變的業界，這樣的話可能會冒出很多她不熟悉的用語——結果似乎只是他的杞人憂天。

「我的知識的確從『某個時候』開始就再也不更新了，不過幸好我在這方面已經有足夠基礎，加上前來這裡的途中做了些功課，總算能應付。」

她說得輕鬆，但這樣像是在通勤時的電車上玩手遊般補足失去記憶的能耐實在非比尋常……遠淺警部覺得一下子就舉白旗投降的自己很可恥。

只不過，如此費心補足的知識，到了明天，她就會忘記了——遠淺警部無從揣測忘卻偵探的心裡在想什麼，但卻也覺得那是一件非常空虛、非常可悲的事。但是今日子小姐本人卻一副若無其事的模樣。

「不會呀，可以和各種不同的人說話，我也覺得很開心呢。」

還一臉滿足的表情。

看樣子，遠淺警部幫她付了她想買的洋裝和牛仔褲這件事，似乎讓今日子小姐心花朵朵開——照這樣看來，「忘卻偵探對錢斤斤計較」這種不太好聽的傳聞，似乎也不是無憑無據。

只是覺得，如果要向店員或店裡的客人打聽消息，讓她穿上店裡賣的衣服說不定能給對方留下好印象，所以才買給她的（由於價格貴到嚇死人，他當然是打算用經費報銷）。

這個算盤似乎打對了，結果真的讓他們問出很多光靠警察問不出來的細部情報，但要說值得額手稱慶，遠淺警部卻並不滿足。

姑且不論那個簡陋的密室——遠淺警部從案情本身之外感受到的一股極為強烈的不協調感，還是無法消除。不僅如此，隨著得到的證詞更加詳細，那股不對勁的感覺反而更為強烈了。

他還曾經期待過，會不會是因為自己對相關人士說的話有聽沒有懂，才會搞不清楚狀況導致斷章取義，但看來似乎不是這麼一回事——那到底是怎麼一回事呢？

「那麼，工作已經告一段落，我就先告辭了。至於費用，我會直接去警察署向署長請款。多謝惠顧，往後也請繼續關照置手紙偵探事務所。」

「請……請等一下！」

今日子小姐一鞠躬之後就準備往外走，遠淺警部連忙出聲挽留。

並不是想到什麼才要留住她──只是因為看到今日子小姐太理所當然地要離開「Nashorn」，才會反射性地出聲喊住她。

「咦？怎麼了？還需要翻譯嗎？」

「啊，不是，已經不需要翻譯了……」

完成絕大部分相關人士的筆錄，雖說是沒聽過的時尚界用語，但也並不是外國話──聽今日子小姐說明個幾次之後，大致也能理解所指為何了。即便仍無法開口說，光是聽的話還可以應付──就這麼看來，今日子小姐身為顧問的口譯工作的確已經告一段落了。

「有件事讓我耿耿於懷……方便的話，還想請教今日子小姐的意見。」

「嗯……」

今日子小姐的反應似乎像是有些猶豫，又有些像是在賣關子。

「我原本想在請款前先去吃個晚飯。所以，如果遠淺警部願意請我吃飯，倒也不會不方便啦。」

今日子小姐以平靜的口吻，笑咪咪地這麼說——所以感覺不太出來她顯然是在敲詐——算了，剛好也到了晚飯時間。

不過，再怎麼樣，也不能帶像今日子小姐這樣的淑女到遠淺警部平常去的那種大眾食堂或居酒屋，所以明知會被調侃，也只能請平常對他們的輕浮看不過眼的美食家部下告訴他適合的店……

如此這般，兩人前往距離服飾店「Nashorn」不遠，算是中高檔等級的義大利餐廳。

坐在店裡，遠淺警部感覺其他客人好像都在盯著他們看，這就是所謂的自我意識過剩吧——大家要看，應該也是在看今日子小姐的那一頭白髮。

至於眾所矚目的今日子小姐，卻彷彿完全不在意別人的視線。

「我要開動嘍。真不好意思，好像是我在催你似的。」

什麼好像是，根本就是。

最快的偵探同時也是最怪的偵探嗎？遠淺警部心想著這種無關緊要的枝微末節，也開始品嚐送上桌的餐點——聽部下說是很美味的餐廳，但是因為莫名的緊張感，老實說，有點食不知味。

「所以呢？你想要問我什麼？在大家的證詞裡，有什麼讓你不明白的地方嗎？」

雖說是忘卻偵探，但似乎沒有忘記自己的本分，沒多久就開門見山地這麼問——因為難以主動開口，對方願意主動提起的話，真是謝天謝地。

「不，托你的福，偵訊才能進行得這麼順利……今日子小姐，你對這案子有什麼印象？」

「沒什麼特別的印象。」

今日子小姐不假思索地說。

「因為這並不在我本次的業務範圍內。推理就交給各位專業——我頂多覺得那是一家很別緻的服飾店，所以希望他們能早日恢復營業吧。」

「是喔……」

若要說她謙遜有禮到不像個偵探，會是言之過早嗎？遠淺警部聽曾經三番兩次與她共事的部下說，今日子小姐似乎是相當強勢，會一再介入調查的那種偵探——唯獨今天，該說是特別安分嗎？之所以不強出頭，似乎還是因為被請到現場來的身分是「時尚知識顧問」之故。

擅自闖進試衣間裡換衣服，或許也就如遠淺警部原先的想像，打從一開始就是為了把口譯工作做得稱職才換衣服的——而當時她對凶器的考察，應該也不是推理，只是在陳述一般的論點吧。

說到專業，她的確有非常高的專業意識——反過來說，或許也僅是其宛如守財奴般信念的呈現——沒有酬勞拿，就不打算推理。

「當然，我也有我的想法與看法。但是現在，我比較好奇受到署長那般盛讚的遠淺警部，面對此案會有什麼推理。」

今日子小姐笑咪咪地說得似乎話中有話。

門檻在自己不知情的情況之下被拉得也太高——那個署長到底幹了什麼

好事？遠淺警部不禁又再怒火中燒。

不過，在推理這方面，他當然也沒有打算要仰仗今日子小姐的協助——只是想驗證自己感覺到的不對勁而已。

儘管他在情勢的推波助瀾之下來到這種高級餐廳，但想問的其實站在案發現場就可以問完了。

「呃，今日子小姐在翻譯的過程中，也聽到店裡的人和客人們所說的證詞吧？間接地……」

今日子小姐因為要擔任口譯，別說是間接，根本是直接聽到——間接的反而是只聽取部下報告的遠淺警部。

「是的，我聽到了。還請不用擔心，無論是什麼調查上的機密，一到了明天，我就會忘得一乾二淨。」

因為我是忘卻偵探——今日子小姐說道。

這的確是忘卻偵探的賣點——即使接觸到被害人或其家屬，抑或者關於是加害人私生活的情報，也完全沒有外洩的可能——因為她一定會忘記——

沒有比「銷毀」更加可靠的情報危機管理。

「當時你有注意到什麼奇怪的地方嗎？綜合大家說的話……」

「嗯。嗯……」

今日子小姐停頓了一下。

從她的反應可以看出，她似乎察覺到「什麼」，但是看她那樣子，似乎是在猶豫要不要說。

她似乎正在思考，若指出奇怪的地方，會不會變成「沒有人委託她，卻做起偵探的工作」……不過，看來最後下的判斷是「這還在顧問口譯工作的範圍」內，也或許是她將底線設在「只要不推理就行了」。

「如果大家說的都是實話，那麼死者屋根井小姐就不是遇害之後才被藏在試衣間裡，而是在試衣間裡遇害的——在那樣狹窄，只有半張榻榻米大的試衣間裡。」

今日子小姐淡淡地說。

遠淺警部現在才想到，這實在不是適合邊吃邊聊的話題，但今日子小姐倒是不怎麼在意的樣子，優雅地拿著刀叉享用餐點。

「我也是實際在那個試衣間裡換過衣服後才明白……要是兩個人一起進去，幾乎就動彈不得了。而且這還假設是兩個女生，如果是像遠淺警部這種體格壯碩的男人，就算只有一個人，可能也相當局促。」

他想也是。

因為試衣間原本就是預設要給一個人用，空間沒多大也是理所當然——但是，如果那裡是命案現場，這又另當別論了。

在那樣狹窄的空間裡，別說是殺人，就連要吵架都很難吧——距離太近了。雖然不至於做不出舉起衣架往對方頭上砸的動作，但也非常困難。而且挨打的人也不會乖乖挨打吧……距離這麼近，要扭打抵抗輕而易舉。

不過，被害人的遺體上卻沒有像是爭執過的痕跡……

「可是……」今日子小姐說。「綜合所有人的證詞，就會得到這結論。畢竟有人目擊到屋根井小姐進入試衣間的身影。」

沒錯，有人目擊到了。

目擊到被害人走進試衣間，拉上簾子的身影——卻沒看到她再出來。

由於店員覺得試衣間似乎一直處於「使用中」而感到不對勁，提心吊膽地喊了幾聲之後，因為完全沒有反應，判斷為緊急狀況才從外面解開鈎子，拉開簾子一看——就發現有人陳屍在裡頭。

「光天化日之下在店家做生意時殺人，就已經夠嚇人了呢，遠淺警部。分明還有其他客人……可能還有人就在隔壁的試衣間裡換衣服的說。」

「雖然不是問過發現屍體時在店裡的所有客人，但就目前的證詞，當時兩邊的試衣間裡似乎都沒有人。」

「並非實際上有沒有人進去，而是可能性的問題——如果是有計畫的犯罪，應該會對於『有人在隔壁』感到很不安。這麼一來，或許還是該判斷兇手是不顧前後，在衝動之下犯下罪行才是正確的也說不定。」

或者——故意裝作是這樣。

今日子小姐像是在玩轉邏輯問題——已經夠亂了，真希望她不要再這樣捉弄人。

對於從某個角度來說已經完成受託工作的今日子小姐而言，會把對案子的見解講得事不關己，或許也只是剛好而已。

不過，語氣雖然輕描淡寫，見解本身卻很犀利，遠淺警部認為很有思考的價值。假設自己是兇手，再怎麼樣也不會挑一間正在做生意的店來殺人。

目擊者太多了。

就算不確定隔壁的試衣間有沒有人，但是在走進試衣間之前，縱使不想去看也必然會看到店裡有多少人——即使那不是間人擠人的店，今天畢竟是假日，上門的人數還是多到讓警方光是偵訊也感覺很吃力。

不，不只是目擊者。

這並不是傳統推理小說的舞台——店裡設置了很多監視器，在營業時間當然是全機運作，監視著店面各個角落——因為算是高級店，這方面的防盜設施想必是萬全的。

因為這些監視器並非針孔攝影機，只要稍微把視線往上移，其存在就必然映入眼簾——人類的證詞或許會有「看錯」或「誤會」，但是機械可就不會這樣了。當然，接下來還得分析影片才能判斷，但是基本上，必須將監視器拍到的畫面視為絕對才行。

「說來，最近的監視器，都設計得很好看呢。」

今日子小姐說了這麼一句有些矛盾的話——單就遠淺警部所見，不認為那是「最近的監視器」（甚至看起來比較像舊型的），但馬上就聯想到這應該就是忘卻偵探的侷限吧。

因為記憶無法更新，「最近」的定義便逐漸背離現實。事先做好功課——像今天的時尚用語——還足以應付，但沒有預習到的，她就一無所知。遠淺警部沒有義務幫她打圓場，但畢竟請對方協助調查，所以還是委婉地為今日子小姐解說這方面的知識。

「那是可以用 **Wi-Fi** 管理影像的無線廣角監視器，一般稱為網路監視器。將影像保存在雲端，據說是由店長用辦公室的電腦進行管理——因此，我想很難去對影像動手腳。」

「歪……敗？雲……端？」

今日子小姐微側螓首，活像聽到什麼外星語言——雲端也就算了，但Wi-Fi也已經是流傳已久的名詞，今日子小姐的記憶到底是從何時就沒有再更新——遠淺警部原本以為頂多就是少了幾年罷了，但看來或許是十年、十五年也說不定。

或是所有記憶都不見了……

遠淺警部雖然這麼想，但實在不好問得那麼深入，於是僅止於對「Wi-Fi」和「雲端」做說明。

「哇……真是高科技呢！」

今日子小姐似乎很開心，面露佩服地頻頻點頭。

看來像是因為吸收到新知而高興得不得了——也對，偵探這種職業如果欠缺這樣的好奇心，就無法成立了吧。雖然對今日子小姐來說，不管吸收多少知識——不管遠淺警部教了她什麼——等到明天還是會忘記。

「原來如此，原來如此……不過，監視器也不是絕對的吧，無論如何都會產生死角。」

「嗯，是這樣沒錯。」

嚴格說來，要把監視器設置到幾乎零死角也不是不可能——只是如果那樣做，天花板大概會滿滿都是監視器。

實在不太好看。

在那種環境一定裡靜不下心來，不可能愉快地購物。

「沒錯，這方面的拿捏還真有點難度呢。要是防盜措施做得過於滴水不漏，看在普通的客人眼裡，會感覺被人懷疑自己是要來做壞事，想必不會太開心吧。」

「是的。而且如果將防盜措施做得太明顯，反而會讓人感覺來到不太安全的地方。」

遠淺警部說道——不只是監視器的設置，他認為所有防治犯罪的措施或規定是如此。

「以這角度來看，那家店的監視器數量還在常識範圍內。一部分也是他們為了防止遭竊，已經採用防盜釦對商品進行妥善的管理。」

「防盜釦嗎？」

她重複了一次這個詞——她該不會連防盜釦也不知道吧——這是遠淺警部多慮了，今日子小姐是知道的。

「然而，不管是監視器還是防盜釦，都沒能防止命案發生呢。」

的確，防盜措施是有其極限的。人在一時衝動之下犯的罪——或是認為「就算被捕也無所謂」的人所犯的罪是無法預防的。假設這是一開始就考慮會被捕而犯下的罪行，警察這工作還真是空虛——當然，還不見得是那樣，所以絕不能掉以輕心。

「只是，單就目擊證詞及監視器的畫面，總覺得這次的犯案手法不太對勁也是事實——姑且先不論試衣間的密室，這麼說來，眾人的目光似乎也構成了密室。」

「密室……是嗎？」

為了讓對話進行下去，想簡明敍述反而說溜嘴，被今日子小姐抓到關鍵字了——糟糕，不該對偵探這麼說的。

在這種情況下，今日子小姐會重複這個詞，當然不是因為不懂這個詞的意思。

密室什麼的，只會出現在推理小說裡——這其實只是先入為主的觀念，「密室」總是以各式各樣的形態存在於現實之中。至於它們是否仍會被稱為「密室」，則又另當別論了。

由於「密室殺人案」這個詞彙多少感覺帶有某種娛樂性，套用在現實世界裡實在有些不妥當——一個搞不好，可能會給人你是在看好戲的印象。

如果是偵探講的就算了，這可不是刑警該用的詞彙——還扯到「由眾人目光構成的密室」什麼的，居然妄自擴大密室的解釋，真是慘不忍睹。

遠淺警部從平常就特別小心要把興趣和工作分開，但是在陌生的餐廳氣氛之下——或者是因為和女性單獨用餐的情況之下——實在過於緊張，不自覺地就脫口而出這樣的話。

「啊，呃，抱歉……我絕不是在耍寶。」

「沒關係的。如你所說，的確是密室呢——遠淺警部該不會是那種因為是推理小說的忠實讀者，才立志要當刑警的人吧？」

被說中了。

只是不小心說出「密室」這個詞，沒想到會連這都被看穿，或許這就是專業偵探的本事。當然可能不是光靠這麼一個詞，而是從遠淺警部截至目前的一舉一動、一言一行，甚至是從隻字片語之中找到線索的也說不定。

要否定也很簡單，只要說聲「不是這樣的」就好了，但因為顯然慌了手腳，遠淺警部一時答不上來——被人這麼問時，一旦沒有馬上回答，幾乎就與默認無異。

「呵呵。」

今日子小姐笑了。這反應讓遠淺警部感覺受到取笑，面露不悅。

「真令人羨慕，能有個像樣的理由，解釋自己為什麼投身工作。」

今日子小姐接著說。

「因為我已經忘記自己為什麼要當偵探了——真的很羨慕你有一個可以明確對人言的就職動機。我也好想那麼說，說我因為熱愛推理小說、崇拜名偵探，所以才從事這份工作。」

「……？」

不太懂她這句話想說什麼，總之似乎並沒有嘲笑他的意思。然而遠淺警部仍不覺得「因為喜歡看推理小說」算得上「像樣的理由」。

「話可不是這麼說。在棒球與足球的世界裡，不就有很多人是因為崇拜漫畫裡的主人翁，最後才成為職業選手的嗎？沒道理警察或偵探就不能基於同樣的理由呀。」

今日子小姐不容置疑地說。

雖然覺得這種理論有些過於牽強，但這些話多少也減輕了長久以來，一直盤踞著遠淺警部內心的矛盾情緒。

或許因為不是別人，而是偵探——而且是被稱為名偵探的偵探這樣說，才有這樣的效果。

話雖如此，但今日子小姐顯然不是為了鼓勵遠淺警部才說這種話的。

「那麼，把話題轉回密室吧。」

她似乎幹勁十足，挽起袖子說。

「沒有法律規定不能因為嚮往推理小說而成為警察或偵探，但法律有規定殺人是不能被容許的行為——現階段還無法斷定這案子有多少是計畫性，又有多大比例是一時衝動，總之形成了一個奇妙的密室是牢不可破的事實。為了戳破這牢不可破的事實，讓我們來進行討論吧。」

或許幫不上什麼忙，還請讓我協助整理一下狀況——今日子小姐說著，把挽起袖子的左手臂咚地一聲放上桌，宛如準備要抽血般，內側朝上。

即使在燈光昏暗的店內，她那雪白的肌膚仍是白皙耀眼——對於中年男性而言，有點太刺激了。

一連串的舉動令遠淺警部滿頭霧水，不曉得她想做什麼。

「請借我一枝筆。」

今日子小姐很自然地將右手伸過來，抽走遠淺警部插在胸前口袋裡的原子筆，靈活地用單手打開筆蓋。

「開店時間是早上十點。」

她在裸露出的左臂靠近手腕的地方，畫上一條線。

「發現屍體的時間是十二點——」

接著又在手肘附近，畫上一條同樣的線。

「問題在於這段期間裡究竟發生了什麼事，對吧？」

「啊，是、是的……」

看樣子，她不是為了顯示自己充滿幹勁才挽起袖子，而是要把自己的手臂看做是時間表……不，不是「看做是」，而是真的寫上了時間。居然把白皙耀眼的雪白肌膚當成筆記本，真是太糟蹋了。

還有很多方法不是嗎？像是向服務生要張紙，或是寫在餐巾紙上——更何況，遠淺警部身上就帶著筆記本。

或許是因為標榜著絕對貫徹保密義務，所以她才故意將機密事項寫在之後非得擦掉不可的身體上，做為情報管理的一環。

「總而言之，先試著全面採信目擊證詞和監視器的畫面吧，遠淺警部。可能有人看錯或誤會，或許也有人說謊，但總之先全面採信看看。」

「嗯……但是先不管看錯或誤會，說謊是怎麼回事？難不成，今日子小姐是認為兇手就在我們偵訊的那群人裡嗎？」

「我可不推理，那可不是我這次的工作——兇手或許就在那群人裡，也或許不在那群人裡。只是有些人即使不是兇手，也會做偽證。」

「不是兇手，也會做偽證……是因為跟兇手認識，所以想包庇嗎……即使還不到這地步，至少也是不想積極作證，你是指這種情況嗎？」

對於今日子小姐死都不肯跨過偵探與顧問那條界線，遠淺警部雖是暗自感到著急，但也只能這樣旁敲側擊，看看她的反應。

「也有人只是單純不想惹痲煩吧。但畢竟是殺人命案，不想輕易作證以免招來殺人犯的怨恨，也是人之常情。」

「這倒也沒錯……」

發現屍體時人在店裡，卻在警方趕到前離開的客人，大概就是這種類型吧……和愛看熱鬧，還用手機拍下屍體照片的客人比起來，到底哪種人比較有良心呢？遠淺警部無從判斷。

「或許有人會說自己沒看過明明看到的東西，也或許有人會說自己看過明明沒看到的東西——把這些可能全部考慮進去，試著來驗證討論看看吧。雖然小王子說『真正重要的東西，用眼睛看不到的』，但是肉眼看得到的東西其實也同樣重要才是——誰看過什麼？讓我們來好好整理一下證詞。」

「呃……肉眼看得到的東西也很重要……是嗎？」

一句理所當然的話，被她這麼輕描淡寫地一說，卻好像大有深意。

「先試著信任所有人的證詞，如果結論有矛盾，就表示有人在說謊。」

這就是反證法呢——今日子小姐說道。

透過「信任」來找出謊言……感覺是一種「繞了大一圈還是回到性格有夠差」的思考模式。絕不是種可以笑容行使的手段。

「是有人在說謊——還是有人騙了所有人呢？」

「……」

或許她只是在一一舉出所有的可能性，但遠淺警部仍然覺得「有人騙了所有人」這假設應該是不可能的。

要是能在那個當下欺騙店裡所有的人，讓大家都在不知情的情況之下做出偽證什麼的，不就正是推理小說裡那種獨樹一格的大犯罪家嗎？

既有偵探，又有密室。

可是沒有大犯罪家——這應該才是現實。

「是呀，確實如此。我這個忘卻偵探也不記得曾經遇到過會玩弄這麼大規模詭計的兇手——或許也只是我忘記了。」

穿插著類似小玩笑的台詞，今日子小姐開始驗證。

「死者屋根井小姐在上午十一點走進店裡——這時有目擊證人，入口的監視器也拍到她上門的背影。」

今日子小姐邊說邊把命案的梗概流利地往自己的手臂上寫——在手腕和手肘的正中央寫下了「屋根井小姐上門」。雖然是寫在柔軟的人體上，她的字跡倒是非常秀麗。

「然後在店裡逛了一圈，屋根井小姐拿了幾件衣服，走向試衣間，接著便進了試衣間。這時也有目擊證人看到她。也難怪，聽說她的打扮相當引人注目，應該很容易讓人留下印象吧。」

要說是引人注目的打扮——倒也沒錯。

今日子小姐並沒有目睹被害人的遺體，但就遠淺警部的第一印象看來，講得直接一點，與其要說是「引人注目的打扮」，倒不如說是「惹人側目的打扮」。原本他還以為是因為自己沒品味，看不出對方打扮哪裡好看，既然今日子小姐都這麼說了，自己的印象似乎也沒錯。

「可是，她穿的也全部是『Nashorn』的衣服呢。」

「嗯，這麼說來，的確有人提到她是常客……」

跟今日子小姐買的衣服感覺差很多——難道是穿著品味的差別嗎？

「屋根井小姐進入試衣間以後，就再也沒有出來了。直到被發現為止，她都一直待在試衣間裡頭。沒人知道裡頭發生什麼事，也沒人聽見任何尖叫或爭吵的聲音。」

「是啊。」

用木製的鈍器敲人的頭，應該不會發出響徹四周的聲音吧……夾雜在店內撥放的背景音樂裡，就算隱約聽見，也不會想到竟然是殺人的聲音。

如果有人在隔壁的試衣間還另當別論，但是並沒有這樣的證人——就算有，發現屍體時也已經離開這家店了吧。或者只是不想受到波及而不肯作證——不管這些，總之現在先當所有人的證詞都是真的。

以「誰都沒說謊」為前提。

「當然，也沒有人目擊到從試衣間逃走的兇手。」

今日子小姐強調——感覺她寫在手臂上的文字筆畫也比較粗。

換個角度想，這才是最不可思議的地方。

不管是在光天化日之下——在有目擊者又有監視器的店內殺人，或是在狹小的試衣間殺人，都很不可思議，換作一般人肯定不會這麼做，但也不能說絕對沒有人會這麼做。

不是每個人都會一直選擇最佳解——或許會因為一時衝動，抑或有所誤會，才會犯下些不合理、亂七八糟的粗心錯誤。

儘管犯下這麼多錯誤，兇手卻還是成功逃走了——這完全不合理。

而且不只是沒人目擊到兇手逃走的身影，在那之前，也沒有人目擊到兇手入侵試衣間時的身影。

「的確。關於這點，兇手可能打從一開始就躲在被害人走進的那間試衣間裡頭——就是先埋伏在那。」

今日子小姐說是這麼說，但顯然不是認真的——世上哪有這麼粗心的被害人，會毫無戒心地走進有人埋伏的試衣間？況且裡頭根本沒有可以藏身的地方，埋伏在哪都是一覽無遺。

「如果是沒有隔間隔到天花板的那種試衣間，或許還可以從隔壁的試衣間翻牆進去，或是翻出去逃跑也說不定……」

但遠淺警部也不認為兇手會採取這種反而更顯眼的行為就是了。而且不管怎樣，「Nashorn」的試衣間隔間是隔到天花板的。雖說不是太複雜的構造，一旦有心破壞也只要一些工具就能拆解，但是要搞到這樣，不如自然一點拉開簾子進出還比較不引人注意。

用常理來思考，應該看作是兇手算準四下無人的時機溜進試衣間裡，再溜出來。

「說得也是——畢竟不能把監視器鏡頭對準試衣間，說那裡是死角還真是死角。試衣間內部當然不用說，附近的天花板上也沒裝監視器。」

換句話說，那個區域只能仰賴人們的目擊證詞——就這個意思來說，要入侵或許也不是不可能。

只要先確認不會被任何人看見，再溜進試衣間裡即可。不過就算是這樣，畢竟地點是試衣間，被害人還在裡頭換衣服，在用衣架毆打她之前——拉開簾子的那一瞬間，被害人就會尖叫了。只是如果把尖叫問題先放一邊，單就「沒有被人看見」這點來看，入侵或許還是有可能的。

然而，就算可以入侵，又要怎麼出去呢？

雖說並不是密閉，但密室還是密室。

不拉開簾子就不曉得外面的狀況——因為是從外面看不見有人在裡頭換衣服的設計，同樣地，從裡頭也看不見外面。

換句話說，從簾子內側是無從判斷外面有沒有人往這邊看——從試衣間裡無法掌握出來的時候不會被目擊到的時機。如果就在此時，哪個店員覺得這個客人換衣服怎麼換那麼久，拉開簾子——

「沒想太多——總之不管三七二十一走出來的時候剛好沒有人看見——應該是比較實際的解釋吧。」

今日子小姐說了個真是相當實際的解釋。

即便沒有身負偵探職務，也講得太實際到讓人難以置信。不過，世上的確有這種運氣特別好的兇手也是事實。

所謂的完美犯罪，或許就是這樣成立的——擬訂拐彎抹角的計畫，賣弄各式各樣的知識，反而會留下痕跡，讓人容易調查或推理出來。

容易摸索出思考迴路，就容易編故事——或許像這種乍看之下亂七八糟，感覺充滿矛盾的犯案手法，才是讓警方無計可施。

「因為由視線所構成的密室，破綻也很多吧。只要能巧妙地鑽過死角，或許就能在不讓任何人看到的狀況之下行凶，然後逃走。」

「可是今日子小姐，如果兇手已經逃走，應該會被入口的監視器拍到吧？或許很難鎖定是誰，但要是把範圍縮小到『十一點以後離開那家店的人物』，人數就有限了……」

「這也難說。成功逃出試衣間的兇手，也不一定非得逃到店外。混進客人裡或許還比較安全……另一方面，如果兇手是服飾店的員工，因為還在上班，也不能離開吧。」

都殺了個人了還上什麼班……遠淺警部並不認為會有這麼熱愛工作的員工。從「沒想太多就殺人」的兇手形象來推量，應該會不管監視器，驚慌失措地逃走才是。不過，也不能斷定兇手絕對不會因為就是沒想太多，於是乎呆呆留在現場的可能性。畢竟人在陷入六神無主的時候，很容易做出莫名其妙的事。

「信任容納所有人的證詞，看來似乎也沒有矛盾。以故事來說，或許有些不合理，但是並沒有發生理論上不可能的事。」

今日子小姐陳述結論。

不過，一開始就知道結論會如此。如果有淺顯易懂的矛盾、顯而易見的錯誤，遠淺警部就不需要這麼煩惱了。硬是要說的話全都說得通——這讓他感覺很不舒服。

「要說的話，可以躲過那麼多人的視線和監視器鏡頭是很不自然的……但是既然兩者都有死角，也並非不可能碰巧給兇手溜出去就是了。」

「……也就是說，按照今日子小姐的推理，兇手並未特地針對這點玩弄詭計嗎？」

「詭計」這兩個字，從警察口中說出來是多少有些輕率，但遠淺警部現在已經絲毫不以為恥了。只可惜，得到的卻是——

「不不不，我不是早說過我不推理嗎。」

頑固到令人沮喪的回答。

「這只是一般論——我是故意讓思考停止不去想。因為想太多的話，就會忍不住想說出來呢。口譯人員要是擅自加入自己的解釋，翻譯起來反而會變得無法溝通吧？」

她說的一點都沒錯。

不過，遠淺警部是在看洋片的時候，會去欣賞翻譯字幕技巧性的簡化增補，享受譯者獨特詮釋的人，所以就算不是直譯，如果能聽到今日子小姐的詮釋也無妨……

「這種一毛錢也賺不到的……喔不，身為社會人，絕對不能做出這種妨礙別人工作的舉動。」

「……」

「那麼，就讓我們試著檢視每個人的證詞吧。死者屋根井小姐——雖然是常客，但似乎是個風評不太好的客人呢。」

今日子小姐講得頗委婉，但她顯然也同意這點——認識屋根井刺子的「Nashorn」員工雖然不至於明目張膽地說常客——而且還是死者的壞話，但是從他們的遣詞用字——不用透過翻譯，遠淺警部也感覺得出來。

雖然是常客，但不是貴客。

「她會死皮賴臉地殺價，對商品也常多所抱怨、胡亂退貨……嗯，不過客人也是人嘛。」

今日子小姐說得語重心長。身為運作一家事務所的經營者，或許也有些同感吧。遠淺警部聯想到署長對置手紙偵探事務所提出的無理要求，身為組織的一員，只能低頭致歉——想必忘卻偵探應該不會一一記得，但是就算不記得，或許會留下感覺也說不定。即使記憶每天都會重置，或許體驗仍會留在某個角落——這還滿有可能的。

因為經常被揶揄是領稅金的公僕，所以遠淺警部也不是不明白這種不告訴自己「客人是上帝」就幹不下去的感覺。

今日子小姐邊寫字邊說：「雖說有點討人厭，但也不是過分到會讓人欲除之而後快的客人……是不是有什麼非置她於死地不可的理由呢？」

她把死者的相關資訊寫進時間表上空著的地方，名為手臂的白板幾乎已經快被填滿了。

「非置她於死地不可的理由……嗎？」

也就是所謂的動機吧。人有時是會由於一些做夢也想不到的零碎理由而被殺，因此就算在此再怎麼深入追究動機，或許也毫無意義。

有人因為是壞人才被殺，也有人因為是好人才被殺——無法一概而論。或許，也有人是因為「無法一概而論」而被殺的吧。

更何況，光憑在短短幾小時之內、從有限的詢問對象口中聽來的話，就要來給其人人格或個性下評斷，被害人屋根井刺子也會死不瞑目吧。

當然，遠淺警部的部下們目前正在過濾被害人在家庭及職場上的人際關係——一思及此，如今正和今日子小姐優雅地共進晚餐的自己，感覺好像沒在認真工作，著實有些心虛愧疚。但是這也讓他重新體認到，自己終究是把這次會談視為工作的一環，所以一定要從其中挖掘出成果。

「或許也可能是毫無動機的殺人，也或許原本並沒有殺害對方的意思，但結果對方卻死掉了的狀況。」

今日子小姐繼續舉出可能性。

「的確……抑或是殺錯人嗎？」

遠淺警部也順勢提出就連自己也覺得不太可能的假設——今日子小姐回了聲「殺錯人是嗎」之後，接著說。

「以為她是另一個人，失手錯殺——原來如此，或許也有可能。」

「真……真的有可能嗎？都要殺人了，還搞錯對象……」

「很有可能吧。根據證詞，被害人似乎戴著很大的平光眼鏡——要是在情緒焦急之時看到，說不定認不太出對方是誰。」

今日子小姐摸摸自己的眼鏡。

「畢竟要殺人的時候，任誰都會緊張吧。在賭上人生的時刻，人們意外地還挺容易會犯下令人跌破眼鏡的錯誤。」

今日子小姐就像是站在殺人犯立場似地發言。這對於身為警察的遠淺警部來說是很難辦到的——可說是民間偵探的獨門絕活。

然而在不容許失敗之時，的確不容易保持冷靜與理性吧——但是被錯殺的人又情何以堪。

「可是，今日子小姐。無論有什麼樣的動機，還是不會想在光天化日下的商店裡殺人吧。」

話題又繞回原點，但這裡確實是最大的瓶頸——如果是趁她一個人走夜路時下手之類，這種臨時起意的犯罪行為還比較容易理解。

「尤其，如果因為屋根井是令人傷腦筋的常客才要殺害她——也就是假設兇手是店裡的員工，整個就更不對勁了。在自己的職場、自己的地盤策畫進行殺人什麼的，稍微有點腦子的人通常都不會想這麼做吧。」

等於是要人快來懷疑自己。

就算不看這點，只針對更單純的得失，在很重視品牌形象的服飾店裡有人被殺，可能會嚇得客人不敢再上門。抑或是「好像有人在那家店的試衣間裡被人用衣架打死了」的風聲流傳開來（一定會流傳開來吧），最糟的情況可是會讓一家店倒閉的。

即使不到那個地步，自己的職場成了命案現場，心裡還是會毛毛的吧。

有百害而無一利。

若說在自己的地盤上動手殺人有什麼好處——再牽強也姑且先往這個方向想一下的話——大概就是身在熟悉的地方，要大幹一場之時，緊張也多少會緩和一點吧。

只是，憑遠淺警部的感覺，比起這個，仍然覺得「兇手一時衝動，沒想太多——沒去思考利弊得失或好壞就打死被害人」的推想，比較容易接受。

「假設在熟悉的地方犯罪，還有其他好處的話……」

今日子小姐將蓋好筆蓋的筆遞了過來——似乎是能寫出來的情報都已經寫下了。的確，幾乎是把今天收集到的情報都複習了一遍了——遠淺警部接過筆，插回胸前的口袋裡。

「應該是『可以綿密地進行事前準備』吧。像是設計機關、執行前置作業——能夠事先布下為了殺死被害人的天羅地網。」

「機關嗎……密室詭計……」

不過，關於這起命案，實在很難想像背後有此類工程浩大的機關。

結果還是卡在有太多目擊者上。

要是有那麼大的動作，絕對會被人看見吧……要避開眾人的眼睛和天花板上的監視器，實際上應該是不可能的。要推說一切都是湊巧，感覺也怪怪的，但要說是計畫性的犯案，又實在不合理——

小王子曾說過「真正重要的東西，用眼睛看不到的」，但今日子小姐卻說「用眼睛看得到的東西其實也同樣重要」。那麼如果要舉一反三地引申出「重要的東西之第三法則」，或許可以說是「即使是不重要的東西，也有用眼睛看不到的」吧？唉，真希望有人看到卑劣兇手的身影……

「即使是不重要的東西，也有用眼睛看不到的——真是一句至理名言。的確，人很容易在關鍵的時刻，忽略關鍵的東西。」

今日子小姐在奇怪的點上感動不已。

「說來，《小王子》一開頭也有密室呢。鑽進箱子裡的羊——」

「啊……這麼說來。」

雖然嘴裡說著「這麼說來」，但遠淺警部並無法打從心底同意。應該說，如果將那個也解釋為密室，真的是推理腦已經病入膏肓。

「箱子裡的羊……就像是薛丁格的貓呢。」（註：量子力學的著名思想實驗，由物理學家薛丁格在一九三五年提出。）

為了不讓今日子小姐察覺他有些退避三舍，遠淺警部隨口附和——薛丁格的貓至少比小王子更貼近推理的世界。

「啊哈哈，萬一羊在箱子死掉了，小王子可是會哭的呢……啊！」

這時。

遠淺警部以為今日子小姐原本只是被隨口說說的閒聊逗笑了，但她卻突然發出「啊」的一聲，掩住嘴角，連餐後義式濃縮咖啡的小咖啡杯都手滑沒拿穩，一整個明顯是「想通了什麼」的反應。

「怎、怎麼了？今日子小姐。」

「沒什麼。」

「你這可不是沒什麼的反應。」

「可是真的沒什麼。」

今日子小姐邊說邊重新拿起義式濃縮咖啡品嘗——遠淺警部還是第一次看到喝雙倍義式濃縮咖啡還不加糖、不加奶的人——但這不是重點。

「呃……今日子小姐。如果你察覺到什麼……」

「我什麼也沒察覺，什麼也沒想通，什麼也沒推理出來。我沒有解開這件事的謎團，所有的疑問和不對勁的感覺也都沒有消失。」

說得斬釘截鐵。

由於說得過於斬釘截鐵，導致一點可信度也沒──反而讓人覺得不可思議，她怎能說謊說得這麼堂而皇之。

「謎、謎團解開了嗎？」

「就說沒解開啊。我什麼都不知道，時間差不多了，我們走吧。今天謝謝你的招待，餐點非常美味。我由衷期待遠淺警部今後的活躍表現。」

今日子小姐使勁地用餐巾紙把好不容易寫好的時間表擦得乾乾淨淨，再把挽起來的袖子放下，迅速地……或該說是露骨地想要結束這頓飯局──怎能讓她就這樣打道回府。

看樣子，她只打算貫徹好時尚知識顧問的角色，但遠淺警部無心的發言卻給了她靈感，使她不小心推理出真相來了──如果是在推理小說裡，這可正是偵探與警部最為理想的關係，但是對於身為職業偵探，專業意識甚高的今日子小姐來說，似乎是非常不得已的展開。

只是，倘若她已經察覺事情的真相，站在遠淺警部的立場，當然不能不問清楚。

這可不是在開推理大會。

他還沒有忘記自己的本分。

如果今日子小姐已經察覺了真相，就應該請她快點告訴自己，好採取適當的對策——什麼密室之謎、不可思議的疑案，不管這些推理小說的用語看起來有多威，在「任殺人犯逍遙法外」這個事實面前，這些字詞都是軟弱無力的。

「嗯……真傷腦筋，我是怎麼搞的。」

今日子小姐抱著胳膊，露出真的非常煩惱的表情。

「很遺憾我無法幫上你的忙。因為這次只有受託口譯的顧問業務，就算察覺真相，也不能講給你聽呢。」

她雖然講得一臉抱歉，但言下之意就像是「如果不投錢，自動販賣機就不會動喔」這樣無機質的說明——怎麼這麼頑固啊。

不過，以恪守專業意識這點來說，應該要尊敬她吧。

那麼，一開始還想把上頭派來當援軍的今日子小姐遣返的遠淺警部，這時或許也該選擇堅持靠自己的本事解決，目送偵探離去才是——要說這展開不得已，他也是很無奈。

如果不是今日子小姐，他應該會這麼做——但是。

「呃，接下來要不要去第二家店？有家酒吧可以靜下來好好聊的。」

遠淺警部說道。他才不曉得有啥酒吧可以靜下來好好聊（大概又要欠部下一個人情了），而他這輩子也還不曾這麼積極地約過一個女人。

「嗯……我個人倒是比較想直接去警署領取酬勞，然後趕快回家上床睡覺，把不小心推理出的真相全忘掉。」

怎麼能讓她把不小心推理出的真相全忘掉。

問題是——是呀，忘卻偵探還真的能夠全忘掉。

能夠把推理出的結論、對兇手的側寫全都忘得一乾二淨，當這件事沒發生過——到了明天早上就會全忘掉。要是不在今天晚上問出來，她的推理就會化為烏有。

「不過嘛，我對這樣被人強邀不太有抵抗力呢。好吧，我陪你去。但是——我只會給一些提示。能的話，還請你根據提示，自己推理看看吧。」

「提示……嗎？」

「是的，我會給你提示。從只要聽過所有人講的話，就一定知道的情報之中給你提示——提示1，的確有很多人目擊應該是在十一點左右上門的被害人屋根井小姐，但是把證詞整理一下，會發現目擊者都是上門購物的客人。這是為什麼呢？提示2，由於屋根井小姐遲遲不從試衣間裡出來，店員覺得有異，於是拉開簾子發現了屍體——可是那個店員，又是從何判斷屋根井小姐一直待在試衣間裡呢？提示3，試衣間是個密室，無法從外面看到裡頭——可是，能因此確定從裡頭也一定看不見外面嗎？」

「嗯……」

由於今日子小姐口若懸河滔滔不絕，遠淺警部一下沒能抓住三個提示重點，連忙扳著手指確認。

提示1。

目擊證詞的奇妙傾向——目擊屋根井刺子的都是前來購物的客人。

提示2。

第一發現者為什麼會察覺到試衣間裡有異常呢。

提示3。

從試衣間裡頭看不見外面——是真的嗎？

關於提示1，要是今日子小姐沒提，遠淺警部真的沒有注意到。仔細回想起來，的確如她所說——雖然在列表清查透過偵訊得到的所有目擊證詞之前，尚且無法完全斷定——但既然偵訊時負責口譯的偵探這麼說，大概就是這樣沒錯吧。

可是關於提示2和提示3，他覺得這兩點應該已經有結論了——店員之所以會察覺到異常，是因為進入試衣間的屋根井刺子遲遲不出來。然後，因為從外面看不見裡頭，所以當然從裡頭也看不到外面啊？

事情應該就只是這樣而已。

別說是命案的謎團，遠淺警部就連提示的意思也搞不懂，他原本還期待會有第四個提示，但似乎是到此為止。

「那我們走吧。」今日子小姐起身準備離席。「請你基於這幾個提示好好想一想——最好能夠在抵達第二家店之前解答出來——這樣我們就可以在店裡一面暢談推理，一面愉快地暢飲美酒。」

今日子小姐笑著說，但是很遺憾，遠淺警部完全無法回應她的期待。

5

高調的酒吧價位也很高調。

部下不知誤會了什麼，表現機伶的方式讓人有些困擾——剛才那家義大利餐廳的帳單已經貴到害遠淺警部的眼珠子都快要掉出來了，而這家酒吧明明是間酒吧，價位卻似乎比晚餐還要高。

大概不能用經費報銷吧。

看樣子，必須自掏腰包了——有種比剛才還要走錯地方的感覺，但是他已經不在乎了。

今日子小姐身上那套「Nashorn」品牌穿搭，雖然不是非常符合這家店的灑脫氣氛，但她顯然完全沒把這種小事放心上。

「哇，好可愛的店哦。」

興緻高昂地像個普通的小女生。

這偵探長得是很可愛沒錯，但說不定其實只是個可怕的小惡魔——老實說一直以來，遠淺警部對於多次與忘卻偵探共事，乃至升官發達的同事感到不快，縱使無心，也多少在眼神中流露出輕蔑，可是現在看來，自己不得不改變這種淺薄的想法。

一想到他們到底為了忘卻偵探被迫出了多少交際費，甚至還讓他感到憐憫——不管怎樣，事到如今，遠淺警部也成了一丘之貉。

來這家店的路上，他一直在等靈感降臨，但是等到花兒都謝了，靈感之神還是不肯上身。雖然早已心中有數——今日子小姐和自己的思考模式到底是完全不一樣的。

她的提示完全派不上用場。

不，只有提示1，遠淺警部似乎知道今日子小姐是在暗示些什麼——目擊到被害人的全是客人，反過來說，等於是沒有「Nashorn」員工看到她來店裡的身影。

這的確很奇怪。

當然也可能會有這樣的事——但是平心而論，會對客人行注目禮的，不該是同為顧客的客人，而是店員才對。畢竟是服飾專賣的店，店員總得出聲招呼「歡迎光臨」或是會走上前去推薦衣服，應該會有諸如此類的交流。

話說回來，因為被害人屋根井刺子是「傷腦筋的客人」，店員可能避之唯恐不及，再說得露骨一點，可能還會對她視若無睹……然而，要是那樣的話，在對她視若無睹以前，應該也會先目擊到她。要對一個人視若無睹，倒推回去，就必須先看到那個人才行。

被害人既是常客，也是某方面令人印象深刻的客人，工作人員卻都沒看到她——這是為什麼呢——的確是個大問號。

只不過，遠淺警部就是想不明白這個大問號代表什麼意思。

至於提示2、提示3則更是全面舉白旗投降。主打年輕女性客的服飾店的試衣間裡，有著中年男子參不透的未知機關——他只能想到這種結論。

事實上，直到請今日子小姐翻譯以前，有很多時尚用語都是遠淺警部聽都沒聽過的——例如為了不讓臉上彩妝沾到衣服的那張謎樣的紙。若非負責這個案子，他大概一輩子都不會知道世上有這東西吧。

「今日子小姐，我認輸了，舉雙手投降。我只是用來襯托你的警部，請務必讓我聽聽名偵探的高見。」

是價位高到嚇死人的酒精害他醉了嗎？最後遠淺警部還是說出了如此卑躬屈膝的投降宣言。

「哎呀呀。」今日子小姐表情一臉意外地說。「請再堅持一下嘛。我最喜歡一邊喝著美酒，一邊看著男人拚死努力了。」

也太小惡魔。

「真傷腦筋呢。你請我吃飯，又請我喝酒，我真的真的很想助遠淺警部一臂之力，但又不能不收錢做白工……啊，真是的，為什麼我沒收錢呢？我從未因為沒收錢而這麼後悔過。真的，要是能收到錢的話多好！我明明這麼想協助警方，卻無法實現這個願望。」

「我懂了，我付錢就是了。請讓我正式支付委託費用，在原本的顧問費用之外再另行計算。這是我個人的委託。」

在速度最快的偵探聲聲催促之下，遠淺警部終於屈服了——這讓他甚至懷疑，說不定署長早就知道事情會變成這樣。

但無論這是不是署長的陰謀，他也只能將計就計了。

警部想與偵探抗衡的心態，總不能凌駕在讓殺人兇手逍遙法外的危機感之上。

因為密室殺人案可不是娛樂。

請她吃飯、喝酒，支付委託費用，全部加起來可能得讓他勒緊褲帶一整年，但是這麼一來堅持自費而不以經費報銷，則成了遠淺警部唯一能做的最後抵抗。

只是，明明提出了正式的委託——明明已經答應會在口譯工作之外再支付酬勞給她，今日子小姐卻沒什麼反應。

受限於店裡的氣氛，固然能想像她應該不至於高興到手舞足蹈，但是面對遠淺警部的委託，今日子小姐看來還有些困擾。

「嗯……」

甚至還像陷入沉思般地閉上雙眼。

該不會是遠淺警部猜錯，今日子小姐並不是要他提出委託嗎？期待遠淺警部自己推理的那番話，難道是說真的嗎？

剛剛為了捍衛自己的心靈而以插科打諢的方式、卑躬屈膝的言詞委託她——是否應該要正襟危坐、低垂頸項地委託才對呢——遠淺警部想著，而今日子小姐也似乎察覺到他心中所想。

「啊，不是，不是那樣的。」她搖搖手。「因為我的推理不過是靈光一閃，只是這道靈光剛好閃得比遠淺警部更早而已。承蒙你的委託，我真的很高興能向警方貢獻一己之力。可是，該說我有點煩惱嗎？會對於說明我的推理有些不太積極，其實是我自己的問題，但……算了，總不能讓殺人兇手逍遙法外。」

而且又是工作——今日子小姐說道。

雖然沒有明說，但是這樣感覺體會到遠淺警部心意的說法，讓他深感欣慰——不過那句「我自己的問題」，則讓他很好奇。

會讓偵探對說明她的推理躊躇再三的問題，到底是什麼呢——最先浮現腦海的是她「和兇手認識」之類，但是對於忘卻偵探而言，應該沒有「認識的人」這種概念。

因為就算今天認識，明天就忘記。

縱使在今天偵訊的那些目擊者之中，有人以前曾經和今日子小姐有過關聯，今日子小姐也已經忘了那個人吧——所以應該沒有會讓她對於指出兇手感到猶豫的理由。如果是這樣的話，還有什麼其他「自己的問題」呢……

「那麼，既然決定要做，就用最快的速度搞定。夜已深，又喝了酒，我已經有點睏了，得趁著還沒忘記浮現腦海的推理時，開始解謎。」

進入偵探模式的掟上今日子，用與剛才截然不同的嚴肅表情——哪有可能，她還是用跟先前同樣，溫婉而沒什麼變化的溫吞氛圍，切入正題。

「首先，關於密室。」

6

「首先，關於密室——讓我們試著分析一下這個案子裡的是屬於哪種密室吧。遠淺警部也在看推理小說的話，我想你已經看過各式各樣的密室講義了，但是今天就先聽一下我的解釋吧。」

今日子小姐如是說，又挽起袖子——似乎又要把自己的手臂當白板了。

她默默接過遠淺警部遞過去的原子筆，開始寫板書——真的像是在上課。

「首先以最現實……也是最一般的密室。定義①『用來隱匿命案存在的密室』。只要把屍體放到誰也進不去、出不來的密室裡，命案就不會曝光

——自己也就安全了——基於這種想法而製造的密室。另外還有同類不同型的情況，例如『總之就是不想面對殺了人的現實、不想看見屍體，想把屍體藏在自己伸手不及的地方，結果就形成了密室』也算是這一類。」

他完全同意。

不僅如此，遠淺警部一開始也以為這次的命案是屬於這種「最常見的密室」——然而。

「沒錯。用試衣間做為密室來藏屍體，其實沒什麼意義吧。因為頂多也只能藏個幾小時——稱不上是為了隱匿罪證所製造的密室呢。」

今日子小姐說完，畫了兩條線槓掉用小字寫在手腕處的①『用來隱匿命案存在的密室』——接著在其下方繼續寫上②。

「②『偶然成立的密室』。並非兇手有意製造，而是偶然的要素碰巧全都湊在一起，讓案發現場『看起來』像是密室的例子。」

毫無計畫性的類型嗎？

光是聽「偶然成立」這幾個字，總讓人覺得機率很渺茫，但若要說第二種密室比較符合現實，卻也是如此——基本上，在不是推理小說的現實世界裡，沒幾個兇手有閒工夫特地去搞一個密室。

截至目前的討論，應該要認為這次是遇到定義②的密室吧——

「沒錯。可是呀，這次的命案若視之為偶然，會讓人覺得過度巧合也是事實。因此，姑且先保留這個定義，進入下一步。」

今日子小姐在②『偶然成立的密室』下面寫了個③——從剩下的空間來反推，大概會有五、六個定義。

「定義③『讓死者看起來像是自殺的密室』。在排除了真實感的推理小說世界裡，這可以說是最常見的密室吧。」

「嗯，也是。藉由排除其他選項，得到『除了自殺以外別無可能』的結論……為此而生的密室，在推理小說的世界裡真的不勝枚舉。」

應該說，這是為了讓「密室」這個關鍵字留在推理小說裡的一種策略。如此就能多少製造出「是為密室的必然性」之類的展開……即使是荒唐無稽的密室，這麼一來也會產生說服力了。

「只是，今日子小姐。先不管現實中有沒有兇手會為此大費周章，但單就這次的命案來看，應該不符合這項定義吧？我不認為兇手有意圖要讓屋根井小姐看起來像自殺。」

「沒錯……順帶一提，做為定義③的變化型，也有一種『死者真的是自殺』的密室。推理迷總是會把事情想得很不尋常，但是一般而言，倘若死在密室裡的人看起來像是自殺，那九成九大概就是自殺了。」

今日子小姐邊說邊把定義③也用兩條線槓掉——雖然輪不到遠淺警部操心，但這個人都沒在想皮膚也是需要保養的嗎？

「定義④『為了製造密室而製造的密室』。」

「什麼？這是什麼意思……是有關哲學的定義嗎？」

「完全不關哲學的事。我是指因為想製造密室，所以就製造了密室——這種愉快犯幹的好事。沒有必然性或明確理由，只是剛好想到了密室詭計，於是就付諸實行——這種密室也可以說是推理小說看太多的結果。」

我們也得小心一點呢——今日子小姐說道。不曉得她這句話有多認真，但是看在實際上就是推理小說看太多才成了個警察的遠淺警部眼裡，可不敢武斷地說絕對沒有這種人。

就是剛才認為有閒工夫特地去搞一個密室的那「沒幾個兇手」——不，也可以想像是種受到強迫觀念使然，覺得殺人時就非製造密室不可的兇手。或者只是單純把「製造密室」跟「戴上手套以免留下證據」或「製造不在場證明」混在一起，認定其也是犯罪必要步驟之一的兇手也說不定。

「這也先……保留嗎？今日子小姐。」

「要保留嗎……我認為就算排除也無所謂。如果是『為了製造密室而製造的密室』，拿試衣間製造密室實在太脆弱了。若不是愛看推理小說的遠淺警部，或是身為偵探的我，大概都不會覺得那是密室吧。」

的確，關於這起命案，遠淺警部的部下們似乎沒人往密室這方面聯想。就算和他們討論，大概也只會得到「你想太多了」的回答吧。

「反過來說，線索也藏在這裡……兇手為什麼不選其他地方，非得用試衣間來製造密室呢？」

「嗯……」

好像懂，又好像不太懂。

總之，今日子小姐又用兩條線槓掉了定義④。

「那麼，定義⑤呢？我覺得定義④就已經是極少數派了了……」

要是畫成圓餅圖，假設定義①有百分之八十、定義②有百分之十、定義③大概百分之五……定義④頂多只有百分之三吧。

剩下百分之二以下的密室，應該只是誤差範圍吧——聽說百分之五以下的可能性，根本可以略過不表。

「說得也是呢。但是，身為推理小說的忠實讀者，這個定義⑤才是最令人心動的……」

講了句這種賣關子的話，之後今日子小姐接著說。

「定義⑤『不可能犯罪的密室』。藉由製造出「密室」這種任何人都不可能犯案的狀況，讓人苦於鎖定兇手或嫌犯，好讓命案本身成為懸案……姑且不論好壞，這可說是能夠最為展現兇手之高度理想與抱負的密室。」

「……這跟定義③『讓死者看起來像是自殺的密室』不一樣嗎？」

「不一樣。定義⑤的密室可說是強烈排斥被用這種務實的眼光來解釋，兇手藉由揭示『誰都不可能辦到』的手法，以彰顯『自己也不可能辦到』的目的。其中甚至蘊含某種迫切之情──最後，再加上這五種定義之下，無論如何都會產生的例外，也就是定義⑥『其他的密室』，共有六個定義。」

遠淺警部再次端詳白板──今日子小姐的手臂。被兩條線槓掉的定義雖然難以辨認，倒也不是完全看不出來。

定義①『用來隱匿命案存在的密室』。

定義②『偶然成立的密室』。

定義③『讓死者看起來像是自殺的密室』。

定義④『為了製造密室而製造的密室』。

定義⑤『不可能犯罪的密室』。

定義⑥『其他的密室』。

對於推理小說讀者來說，這樣的分類還算是到位……只是也說不上有什麼特別稀奇或令人耳目一新之處，然而的確是把密室種類整理得非常淺顯易懂。尤其以現實性做為排序來定義，更添簡單明瞭。

只是，如果討論到這裡就結束，就只是推理講座而已——問題在於這些密室的定義，究竟跟這次的案子有什麼關係。

「排除定義①、定義③與定義④，就表示這次的密室是在定義②、定義⑤、定義⑥之中了。」

「我想其實也可以不用考慮定義⑥。『其他的密室』是指『看一眼就知道是例外』的密室——也可說是『異世界的密室』。而該說是幸也不幸，這次的密室並沒有這麼大的意外性。」

所謂「異世界的密室」會又是什麼樣的密室呢？雖然只能憑空想像，難道是用上魔法或咒語那樣，充滿了奇幻色彩的密室嗎？如果是那樣，這種密室就連圓餅圖的百分之一也不到吧……只不過，在也可以說是某種奇幻物語的推理小說世界裡，存在這樣的密室或許也並不奇怪。

雖說讀者會覺得不公平就是了……

「這麼說，就是定義②或定義⑤的其中之一了嗎？」

「如果假設剛好沒人目擊到兇手，就是定義②的密室了——可是這種推理沒有繼續追根究柢的空間，而且就像我先前所說的，太湊巧了。」

「但定義⑤是『不可能犯罪』吔？別說是湊巧，根本辦不到吧……」

如果是有計畫地製造密室，就表示兇手是刻意且有計畫地避開店員的耳目、客人的耳目、監視器的鏡頭——誠然是不可能犯罪。

不得不說，這種事誰也辦不到。

「如果這麼想是正中兇手的下懷呢？……反過來說，如此挖空心思的計畫性犯罪，竟然被我們用『湊巧』兩字就帶過去，說不定兇手心中也不太甘願呢。」

因此，就讓我來獻上推理吧——今日子小姐說道。

對兇手來說，實在是多管閒事。

站在兇手的角度來看，又不是再三思索密室定義之後才還犯下兇行，不管是定義②還是定義⑤，只要罪行不露餡，就是最理想的定義吧。

「話說回來，遠淺警部。我剛才給你的三個提示，你思考得怎麼樣了？如果不需要說明的話，我就省略嘍。」

「啊，呃，我完全……我連提示1都似懂非懂……那是指『完全沒有店員目擊到身為常客的被害人，是一件很奇怪的事』嗎？」

「是的，完全正確，非常好。」

就算她這樣讚美自己，遠淺警部也高興不起來——是覺得很奇怪，但是若問到哪裡奇怪，他又完全答不上來。

「你就別謙虛了。講到這裡都能明白，答案幾乎就已經呼之欲出了——如果沒有任何一個店員目擊身為常客的屋根井小姐，就等於沒有任何一個認得屋根井小姐的人看到她，只有對屋根井小姐不太熟悉的人目擊到她——」

嗯？

才覺得是不是有點太跳躍性思考，但是在遠淺警部插話之前，今日子小姐就開口了。

「——換句話說，所有看到她的人都不認識她。大家的證詞只能夠證明當時有個客人全身穿著『Nashorn』的華麗衣裳，但無法證明那個客人就是屋根井小姐。」

「欸……可是監視器——」

拍到了——雖然是背影。

由於被害人戴著大大的平光眼鏡，或許並不容易光從監視器畫面確定拍到的真的是本人，所以警方才會試圖整合所有人的證詞，好做出綜合性的判斷——難道這樣還不能確定她是十一點來到店裡嗎？

「因為顧客們的證詞是以屋根井小姐穿的衣服來判斷的——畢竟地點是服飾店，視線會落在同類——其他客人的服裝上，也是很自然的事。」

「你……你是說她們認錯人了嗎？」

這麼說來，的確曾經提過這樣的假設。

被害人屋根井刺子會不會是被誤認為別人而遭到錯殺——雖然是沒有根據的假設，該不會是瞎矇就矇對了吧？

「不，不是『認錯人』，我是指會不會根本是『別的人』……現在警方是因為有很多人作證看到她走進店裡的身影，所以才認為屋根井小姐那時候還活著，對吧？」

「對……咦？你的意思是說，屋根井小姐那時候其實早就死了嗎？」

「你不覺得這樣一切就很合情合理了嗎？假設被害人在走進試衣間之前就已經遇害，會比假設她先進了試衣間才在裡頭遇害更說得過去些。」

「……」

愈來愈搞不懂了……

也就是說，被人目擊前往試衣間的「屋根井刺子」和被人發現陳屍在試衣間的「屋根井刺子」並不是同一個人？但要是那樣，被人目擊的「屋根井刺子」後來又去了哪裡？

「畢竟地點是在試衣間，愛換什麼衣服都可以呢——由於目擊者都只認衣服不認人。先換件衣服，再拿掉眼鏡和假髮，就能以他人之姿，堂堂正正地走出去——嗯，這時不該說是他人之姿，而是自我本色吧。」

「咦……如果只有換衣服的話就算了，還拿掉假髮？等等，這麼一來，簡直就像特地變裝……」

不是就像——就是特地變裝。

的確，很難想像會剛好有人打扮得跟被害人一樣，如果被眾人目擊的『屋根井刺子』是另一個人，那麼只能認為是故意要打扮成她的樣子。

「可是，也不能堂堂正正地走出去吧。沒有走進試衣間的人突然從試衣間裡走出來，任誰都會覺得很奇怪吧。」

「嗯，關於這點，請容我留到最後再說明——老實說，到時還希望能夠借重遠淺警部的智慧。」

「……？」

什麼意思？聽來似乎不是故意賣關子，而是真的沒把握……

「我先說明那個人為什麼要打扮成屋根井小姐的樣子——我並未參與現場蒐證，所以現階段的推理大多都沒有證據，只是我個人的想像……因此，我想也會有很多與事實不符的地方，這部分請你日後再慢慢地查證。」

接下來要模擬兇手今天的行動——今日子小姐說道。

「首先，兇手約屋根井小姐來還沒有開門營業的『Nashorn』——懷抱著殺意，用事先準備好的衣架毆打屋根井小姐的頭部。」

「嗯……懷抱著殺意，是嗎？」

雖然「還沒開門」這點也因為沒有根據而讓人感到困惑，但是遠淺警部更介意的還是有關「殺意」——依照截至目前的假設，如果有殺意，應該會選更牢靠的凶器吧。

「說到這，或許正因為懷抱著殺意毆打，原本恐怕殺不死人的衣架，也成了殺死屋根井小姐的致命兇器哪！」

「換句話說……是如同今日子小姐一開始講的那樣，為了偽裝成衝動的犯案，故意選擇鮮少被使用的凶器嗎？」

「若要採用這個推理，我想比起這個原因，「為了讓被害人鬆懈」的可能性更大。被叫到還沒開門的店裡，即使沒想到會被殺，也會提高警覺吧。如果用店裡到處都有的衣架做為兇器，就算拿在手上，對方也不會起疑。」

總之關於殺意就先當作有，於是遠淺警部拋出另一個問題。

「……為什麼要約在開門前呢？」

「那只是單純選一個不會被人看見的時間而已。客人當然不用說，店員也都還沒來上班，而監視器也尚未開始運作——」

「……」

監視器會在「營業時間內」持續不斷的錄影——反過來說，除此之外的時間是沒在動的。

愈聽愈覺得兇手打從一開始就滿懷殺意。

而且還離自己打從一開始想像的兇手形象愈來愈遠——非但不是一般人由於驚慌失措導致失手犯錯，根本是窮兇惡極的預謀殺人。只不過……

「這麼，兇手是這家店的人嗎？因為店還沒開，就能夠把被害人約到店裡……但剛才不是說，不太可能會有人挑在自己的地盤上殺人啊？」

如果是一時衝動而「失手」殺人，當然就與地盤什麼的無關，但倘若是有計畫的犯案，應該不會做出風險這麼高、有害而無益的事。除非是不會計算利弊得失的大笨蛋——

「這恐怕也是仔細計算過利弊得失之後的結論吧。換句話說，兇手認為這麼做的好處，比風險和缺點來得大——因為可以善用地盤內的優勢。」

優勢？高風險、高報酬的意思嗎？當然，要說計算利弊得失，在擬訂的是殺人計畫時，就已經顯然是很不會算的了……儘管如此，如果還有什麼不惜要在自己的地盤裡下手的理由——

不可能犯罪。

「因為比較容易製造定義⑤的密室」嗎？

「……假設兇手在店內無人、監視器也還沒開始運作的時間叫被害人出來……那麼還在開門之前的理由是什麼？我是說，為什麼不能約在打烊以後呢？」

「光是要殺人的話，時間其實沒什麼關係，問題在於推定死亡時間。如果是在昨天晚上下手殺人，那麼就算是在今天中午被發現，警方也不會認為被害人是在試衣間裡遇害的——對吧？」

「對……」

真是問了一個笨問題。因為有目擊證詞顯示被害人是在十一點左右走進試衣間，加上發現屍體的時候是正午時分，當然會推測死亡時間是在這段時間裡。而光看驗屍的結果，範圍可能還會更大一點——但儘管範圍再大，誤差頂多也只有幾個小時。

幾個小時……？好像在哪裡聽過這個數字。

「嗯……簡而言之，兇手想讓人以為屋根井小姐是在試衣間裡遇害的嗎？也就是實際行兇之處，就算是在店內，也不是在試衣間……？」

「很有可能。殺死對方以後，再把屍體搬進試衣間裡——要在那麼小的空間裡殺人還是不太可能。用的是刀子或槍就算了，用衣架的話……」

極為合乎常識的回答。

之前「因為理論上有可能，所以也不是辦不到」的立論——想想實在很勉強。

不是在光天化日、眾目睽睽的店內行凶，而是在還沒開門、沒有其他人在的店內行凶——極為很合乎常識的推理。

然而，如果接受這個說詞，又會衍生出必須重新思考的問題也是事實——那麼，兇手是何以將根井刺子的屍體搬進試衣間裡的呢？

「要問其何以的話，有各式各樣的工具喔。因為人類的屍體還是有些重量，所以用來搬運商品的推車是不可或缺的。」

「啊，呃，不是指如何……我想知道的是為什麼要這麼做。」

遠淺警部約略懂得兇手想要讓人以為「被害人死在試衣間」的理由，可是他不明白這種行為有什麼意義。

「那麼，讓我們繼續追溯兇手的行動吧。在其他工作人員來上班之前，先把屍體搬進試衣間——然後把簾子拉上。」

「把簾子拉上……？從那個時候就把簾子拉上嗎？」

「沒錯。這麼一來，就暫時把屍體藏起來了。」

因為有暫時先把屍體藏起來的必要呢——今日子小姐說道。無論是聊到穿著打扮還是談到屍體及殺人的話題時，她的情緒都是一樣的，該說是造成遠淺警部有些認知失調嗎？總之讓他感覺很不舒服，但現在可不是顧慮到自身感受的時候。

「把、把屍體藏起來……？為了不讓人看見嗎？不對，這麼一來，不就成了定義①的密室嗎？可是，如果是試衣間這麼脆弱的密室，就算藏起來也頂多——」

——幾個小時。

打從一開始不就說了嗎？

那麼，在服飾店「Nashorn」今天開門營業之前，就已經有屍體在試衣間裡頭了。

這可能嗎？

這種藏法應該撐不了幾個小時吧？畢竟是可以輕易地從外面拉開的簾子——萬一開店以前就有店員覺得簾子沒打開很奇怪，一把拉開來看呢？

「所以嘍，為了防止這種事發生，只要分配給店員其他工作，事先做出潛台詞的指示，別讓他們靠近試衣間就行了……也可以自己攬下試衣間附近的工作，負責監視。」

「分配給店員工作……做出指示……監視……也就是說，兇手的地位是可以這麼做的人嘍？」

「我想是的。」今日子小姐點點頭。「所以我很苦惱……」

「苦惱？什麼意思？」

「抱歉，這是我自己的問題。總而言之，開門前可以這樣撐過去，但開門後就不能這麼做了。畢竟無法管理，也無法預測客人的舉動。」

這倒也是。而且如果是直覺比較敏銳的客人，說不定也會有人覺得毫無動靜的試衣間很可疑——至少這個不安因子是始終存在的。但也不能一直觀察那附近的動靜，監視著試衣間。

「就是說啊。而且最後就是因為試衣間都沒有動靜，才會發現被害人的遺體——然而，像這樣被人發現，應該也在兇手的計畫之中——只要不在十點開店到十一點之間被發現就好。」

於是，剛才的提示就可以派上用場了——今日子小姐說道。

「提示2。第一發現者的店員為什麼會認為有人死在試衣間裡呢？」

「……呃，因為察覺只有那間毫無動靜吧？」

「可是，那位店員也不是一直監視著試衣間吧？說不定會有人在店員剛好沒注意到的時候進去啊？這樣的話，店員究竟是基於什麼根據，才會認為試衣間已經好一陣子沒有人進出呢？」

被她這麼一問，遠淺警部陷入沉思。

既不是薛丁格的貓，也不是箱子裡的羊，天曉得看不見的密室裡究竟發生了什麼事——連誰在裡頭都不曉得。既然如此，又怎麼會曉得是同一個人一直在裡頭呢……

「……鞋子……嗎。」

一旦想通，真的沒什麼。

是呀，進試衣間以前要先脫鞋——今日子小姐換衣服的時候，也脫下了她的長靴。

「沒錯。反過來說，只要每隔一段時間就換掉放在試衣間前面的鞋，就能製造出裡頭的人也換了的印象——不會想到裡頭始終只有一具屍體。」

兇手就是這樣撐過開店後的一個小時——今日子小姐如此斷定。

鞋子嗎……雖說時尚從腳底開始，但是看在遠淺警部這種人的眼裡，的確是一個盲點。

「是的。服飾店『Nashorn』也兼賣鞋子。只要善用庫存的鞋子，應該可以撐上一個小時。想像兇手避人耳目，偷偷摸摸地更換鞋子的模樣，實在不太好看——可是，動作本身應該很自然。因為整理試衣間前的鞋子是服飾店店員們的日常工作。這件事暫且不提，到目前為止是兇手計畫的第一階段，接下來要進入第二階段了——也就是從後門之類的偷偷溜出去，找個地方打扮成屋根井小姐，再假裝成客人，走進店裡。」

或許是認為已經不言自明了，今日子小姐並未詳加說明，但是可以在上班時間，恣意離開工作崗位，便能推測出兇手是店裡不受班表限制，職位相當高的人。

「雖說是變裝，但也用不著魯邦三世那種高水準。只要能讓人對衣服留下印象即可——重點反而是在不要被人認出自己是誰。」

「……那變裝時穿的衣服，也不是從被害人身上脫下來的囉？」

「的確不是。因為被害人全身上下穿的都是『Nashorn』的衣服——但好像也不是伸展台系列的當季最新單品，所以就算不是一模一樣，店內應該也有很多相似的衣服吧——大概只有鞋子，得穿上被害人本人的。」

「只穿鞋子？」

「是呀。然後兇手再趁著店員們不注意的空檔，從大門口走進店裡。不管有多少目擊者，只要沒被任何人注意到，就跟透明人沒兩樣。」

「……因為兇手是那家店的人，所以也很清楚監視器的位置，而且跟剛才一樣，為了不讓店員看見變裝的自己，對他們下了各種指示——是這麼回事嗎？」

所以目擊證詞才會有偏倚——不，是被偏倚了。

為了捏造「屋根井刺子在那時還活著」的錯誤目擊情報——另外，因為完全沒有被監視器拍到也很不自然，所以只讓監視器拍到背影。這要做起來大概不難，只是需要膽識。

然後兇手在那之後的行動是……進入試衣間裡嗎？讓其他來買東西的人目擊到自己的背影——刻意地。

嗯，可是，這樣不是很奇怪嗎？

既然被人目擊走進試衣間的背影，就表示那時，偽裝成屋根井刺子的兇手拉開了簾子——那時，裡頭的屋根井刺子本人屍體也會曝露在眾目之下，和兇手走進去的身影一起被別人看到。

要是看到了，當場就會引起大騷動才是。

「不會引起大騷動的。因為兇手是進去隔壁的那間。」

「隔壁？」

「是的。然後在裡頭換衣服，恢復本來面目，再一臉若無其事地走出試衣間。這時也沒忘記要把穿著走進店裡的鞋子，和放在內有屍體的隔壁試衣間前面的鞋換過來。」

換過來？有什麼意義嗎——對了，這麼一來等於是把鞋子還給屋根井刺子。把在變裝時，唯一向被害人借來穿的鞋——

「啊，所以讓屋根井小姐走進隔壁的試衣間嗎？啊，不，是屋根井小姐的屍體本來就在隔壁……」

原來如此。六個相隔的試衣間採取統一的設計，如果是最旁邊的兩間也還好，要是正中央的兩間，乍看之下或許真不太容易區別。看見屋根井刺子——偽裝成屋根井刺子的兇手走進試衣間的目擊者，看的時候大概也不會仔細到去數兇手走進的是哪邊數來的第幾間吧——就算正確記得兇手走進了哪個試衣間，在目睹屍體這樣的事實衝擊下，記憶也會被自動改寫吧。

「這麼說來，今日子小姐打從一開始就很在意隔壁的試衣間啊。該不會你當時就已經發現兇手玩了這個把戲嗎？」

「怎麼可能，你可不要隨便亂講。」

今日子小姐看似慌張地矢口否認。

「我才不是那麼厲害的偵探，你太看得起我了……不過，那時搞錯試衣間的事，的確成了一條線索……追溯兇手的行動軌跡，到此大致告一段落。之後兇手只要回到自己的工作崗位，等待屍體被發現即可——因為不再去動在試衣間前的鞋子，所以被發現只是遲早的問題。」

事實上，不到一個小時就被發現了。

看在旁人眼中，就是「屋根井刺子走進試衣間，沒多久卻在裡頭被人用衣架打死了」——但誰也不曾目擊到兇手。

不可解的狀況大功告成。

不，不是不可解——是根本不可能吧。

不可能犯罪——密室殺人案。

「不……請等一下。這種事還是辦不到吧？」

「哪裡辦不到？」

今日子小姐明知故問。

她不可能不明白他的問題。

因為遠淺警部已經提過這個問題了，只是今日子小姐沒說明。

「進入試衣間的人，打扮成不一樣出來，應該會讓人覺得很詭異吧？進試衣間時還好，因為還能自己抓時間，可是要出來的時候——不是說從裡頭看不到外面嗎？一旦進到試衣間裡，就無法掌握店裡的哪裡有誰了……可能會被人看見和走進去時打扮不一樣，或是交換鞋子的瞬間。」

「只要在不會被任何人看見的時機走出來，不就沒問題了嗎？」

「話是這樣說，但問題是那個時間點要怎麼抓──」

啊，這就是提示3嗎？

因為從外面看不見裡頭，所以從裡頭也一定看不見外面嗎──這是所有提示裡最難以理解的一個。

又不是雙面鏡，一定看不到簾子的另一邊不是嗎？

縱使今日子小姐剛才說了「想借重你的智慧」之類的話，不過老實說，遠淺警部真的不認為自己的智慧足以讓人借重──當時雖是這麼想，可是在接下來的討論裡他才發現，要解開提示3，自己的協助的確不可或缺。

這並非是因為他真有署長吹捧得那麼優秀──只因為他不是記憶每天都會重置的忘卻偵探。

「我們不是討論過兇手為什麼要在職場、要在自己的地盤行凶嗎──提到『雖然高風險、高報酬，但只要有利於自己，就會這麼做』之類的？」

「是討論過……現階段的所謂優勢，是可以利用自己的立場，控制一半的目擊者視線吧？可是，光憑這樣感覺還不夠……如果能控制所有目擊者也就算了，只有一半……要從試衣間裡出來時，仍然會遇到瓶頸吧。」

「所以呀，我才說是箱子裡的羊……沒人知道別人在試衣間裡做什麼，對吧？如果時間很短，更是無從知曉那個人在裡頭幹嘛——即使在裡頭用手機也沒人知道。」

「……手機？你是指聯絡其他人嗎？對了，也就是說，請共犯告知出來的時機嗎……？」

「看整體情況如此匆忙，我不認為兇手有共犯——更何況，兇手也不需要共犯。兇手並不是要與共犯聯絡，而是要接收監視器畫面吧。」

「！」

監視器畫面是利用無線網路上傳雲端，由辦公室的電腦管理的。然而「儲存在雲端」也意味著只要知道帳號和密碼，就可以從任何地方讀取到監視器畫面——即使是在試衣間裡——只要透過手機就能登入。

「你是指兇手利用監……監視器的畫面來犯罪嗎？」

「是的。縱使會有死角……儘管試衣間前也是死角之一，但還是能掌握住人潮的流動。只要看準試衣間附近無人的時機，再走出來換鞋子就好……至於到底辦不辦得到，還得請遠淺警部告訴我了。因為我對 Wi-Fi 和雲端什麼的一無所知——全都忘了呢。」

剛才還覺得她可真是自信滿滿，結果她卻說了句有點機械白癡的話。

其實不是機械白癡，只是單純喪失記憶。

不過，唯有名偵探才能如此迅速地將前一刻還不懂的知識運用在推理之中——明明握有同樣的線索，明明這些知識在常識範圍內，卻無法推理出相同的答案，遠淺警部覺得好丟臉。

他甚至不由自主地覺得，她之所以把這個問題留到最後，會不會是想做面子給自己。

「如果只討論可不可能，我想是可能的……實在是相當惡質的犯罪。」

運用監視器的目的並不是防盜，而是用來掌握目擊者的動向——不僅是控制店員的動向，還反過來利用大量的目擊者來構成密室。

但是，如果完全不管道德問題，「可以調閱監視器畫面」這點的確是選擇自己的職場做為犯罪現場的好理由。利用一般人認為從密室內部看不到外面的盲點——

「嗯……咦？這樣的話……不就可以確定兇手是誰了嗎？」

「是呀。」

針對他這個後知後覺的單純問題，今日子小姐給了個肯定答案。

「遠淺警部，你說網路監視器的影像都是由店長管理吧？也就是說，如果這個推理是對的，那麼兇手就是『Nashorn』的店長。」

愈是精心設計的犯罪，愈會留下許多的線索，一旦罪行曝光的時候，也就愈難以狡賴——這次可說是非常典型的例子。

當然，就像偵探自己說的，目前沒有確切的罪證，接下來還需查證……除了要調查店長與被害人之間的關係，同時也必須先找本人來問話。雖然已經問過一次，然而這次不會把店長當作是證人，而會將其當作嫌犯來看待。夜已深，能夠的話最好趁今天還沒結束，馬上進行……

「沒錯，是該這麼做……嗯，事情當然會變成這樣吧。」

「？」

今日子小姐的表情黯淡，一點也不像解開謎團的偵探——說來，今日子小姐打從一開始就不太想解謎的樣子。

「怎麼啦？如果是解謎的酬勞，我一定會付的，請不用擔心。」

「你當然要付。」

今日子小姐直截了當地說道。遠淺警部雖然感覺自己好像漸居下風，但仍不忘補上一句——

「只是，向店長問話的時候，還希望今日子小姐能再當一次口譯……」

雖說一天下來，遠淺警部對於時尚用語已經有了一定程度的了解，但是接下來的偵訊肯定會討論得非常深入吧，而且為了請她對自己的推理負責，遠淺警部真心希望今日子小姐務必同行。

再加上倘若只有自己去問話，總覺得好像搶了她的功勞，有點心虛……然而，原本遠淺警部以為專業意識極高的今日子小姐面對自己的請求，一定會二話不說就答應，沒想到她的態度非常不積極。

「唉，我就知道事情會變成這樣。」

「……？該不會，這次口譯你還要另外收錢吧？」

「我才沒這麼死要錢呢。」

今日子小姐予以否認。

她已經夠死要錢了。

「可是啊……這就是我剛才講的，我自己的問題。」

「自己的問題？」

「因為我已經完全愛上『Nashorn』的衣服了。實在不想去逼問、去彈劾身為嫌犯的店長──店長一旦被捕，那家店當然就要關門了吧。」

「……」

原來如此，果然是自己的問題。

看在對穿著打扮一點興趣也沒有的遠淺警部眼中，這種個人情感根本是無聊到極點，但是對於此時此刻實際穿著「Nashorn」服飾的今日子小姐而言，或許真的是很迫切的問題。就像警察不能參與調查親朋好友牽涉其中的案子——這種感覺吧。

「白天透過口譯協助你和店長之間對話時，我的內心其實是很雀躍的——還不小心問了一些與命案無關的問題。」

現在突然坦承這種事也只是徒增困擾——可是接下來在查案時，萬一她就因此放水也很傷腦筋——不過既然是情感上的問題，也不能拿她怎麼樣。

「這樣好了，遠淺警部。」

不一會兒，今日子小姐像是下定決心似地說道。把工作和私情放在天平的兩邊，她似乎選了工作。

「去找店長問案以前，只要一下下就好，請讓我睡一下。」

「睡……睡一下？」

「沒錯。這樣就能把今天一天的記憶全部都重置。不管是看到的事、聽到的事、見過的人，還是喜歡上的服飾。」

或許是為了幫助入眠吧，忘卻偵探又加點了一杯酒。

「等記憶和感情全都重置以後，再去問話吧。」

她的臉上，浮現了毫無迷惘的笑容。

7

後來，今日子小姐先是分毫不差地收下調查本案的酬勞，再小睡一下，以不再是「Nashorn」粉絲的她再度陪同遠淺警部去問話、幫口譯，全力扮演與店長溝通的橋梁——事實上，幾乎都是由她一個人面對店長。

當然，今日子小姐一覺醒來，不只忘了「Nashorn」這個品牌，就連與命案有關的一切也都不復記憶，這時她自己寫在左手臂的密室講義就派上了用場——以六個定義為軸心掌握案情的來龍去脈，再進行一次同樣推理，得到同樣結論的今日子小姐，將白天已經見過一次面的店長視為「初次見面的陌生對象」，笑容可掬地進行毫不留情的詰問。

沒有記憶的，是我——

結果店長不僅認罪，還把之所以殺害屋根井刺子的動機，全都一五一十從頭招來——雖然接下來有得蒐證，但已經足夠用來申請拘票了。

在尚未收集到確切證據之前，就能卸下對方的心防，光是利用高明而巧妙的誘導套問，就能讓對方坦承不諱，今日子小姐沉穩的話術著實值得警察學習——然而，遠淺警部卻也覺得自己「絕對學不來」。

技術學不來，心態更是望塵莫及。

為了執行職務，不只是記憶——就連感情這種精神性的部分，也毫不遲疑地自願重置的工作態度，已經遠遠超出什麼專業、禁慾云云的領域了。

無論是喜愛的事物，乃至於「喜愛」這種情緒本身，如果會妨礙到推理的話，也不惜主動將其割捨。

如果這就是所謂的偵探，那麼自己在接下來的人生裡再怎麼努力，都無法成為偵探的——倘若當個偵探非得做到這個地步，那麼自己這輩子當個負責襯托的警部就好了。

當遠淺警部深刻領悟到自己不可能做到她那樣的同時，也深切體會到自己並不想成為她那樣——至少他這輩子都不會忘記，今日子小姐剛才一覺醒來看著他的時候，那種「初次見面」的視線。

看到不該看的了。

像是這樣的目擊者心情。

……題外話，該怎麼處理買給今日子小姐的那套「Nashorn」的衣服也是棘手課題。當然在第二次問話以前——利用睡眠來重置記憶以前，今日子小姐就已經換掉那身衣服了。但既然穿過一次，也不能再拿去退貨，想到不得不脫下的前因後果，考慮今日子小姐的心情，她也很難再收下吧。可是，遠淺警部也不可能就因此接收今日子小姐穿過的衣服。

「那麼，就只能丟掉了嗎？」

雖然覺得可惜，但今日子小姐說她從不重複穿同一件衣服，所以這麼處置也是不得已的。

「衣服是無辜的。」

今日子小姐提出折衷方案。

「如果有朝一日，有機會再與遠淺警部共事，到時候可以請你再送給我一次嗎？」

「欸……這是什麼意思？」

「因為——等到我忘了自己忘了這件事的那一天，我想我一定會重新愛上那套衣服的。」

第三話

今日子小姐的暗號表

1

丸いと四角いが仲違い
逆三角形では馴れ馴れしい
直線ならば懐っこい

圓的和四方的關係不太妙
倒三角形的話完全沒在客套
如果是直線又很愛示好

2

善惡的基準，簡直跟暗號沒兩樣——結納坂仲人經常在想，真希望有人能把「好事」和「壞事」整理成一覽表。

要是老實說出這種想法，大概會被人罵「難道你連好事和壞事都區分不了嗎？」然而就算是被這樣斥責，也要等到挨罵了，才會知道「原來這是不能說的」。平心而論，光是只看到有人被罵，也無法斷定罵人的人就是對的。那些人或許只是嗓門大了些、主張明確了點——不能說嗓門大的人就是對的，也不能說因為主張很明確就是行善。這些都顯然不足以做為基準。

那麼，什麼才能做為基準？

無論結納坂再怎麼渴望，世上依舊沒有可以解析「好事」與「壞事」的暗號表——「這種事只要用常識想一下就能做出判斷了吧」的指責，說穿了也只是基於一定的經驗法則，他還沒有彆扭到會想要正面否定這種思維，但如果再深入地思考下去，這種「常識」與「沒常識」之間的界線，其實還挺弔詭的。

在某個地區是很友好的問候，在別的地方卻代表挑釁——這種事屢見不鮮。即使沒有惡意，所作所為也會被認定是「壞事」。姑且不論到底是行為不好，還是無知不對——只是，他怎麼也無法克制自己想要對「區分好壞」這件事做個清算的心情。

不，如果是問候或肢體語言、用字遣詞的問題，還可以視為是文化上風土或習俗的差異——但要是這樣就能解釋一切，那麼這一切也不過只是單純的生活小知識，或者是當做趣味笑話就可以一筆帶過的戲言。

然而，也有不能當做戲言帶過的情況。

倘若是尚未白紙黑字的文化差異，在日本只要用不置可否的微笑，在歐美則是用攤開雙手、聳聳肩之類的姿勢，就可以不痛不癢地輕輕帶過——但如果是明文規定在法律之中的，又該怎麼辦呢？

法律書。

將「好事」與「壞事」分門別類地條列出來，用以解析善惡的暗號表——換個角度來想，那的確是結納坂所企求的一覽表。可是，當他親自去細讀了六法全書，才知道法律原來可以有無數的解釋空間。

所謂法律本身，幾乎就是被暗號化的文章——同一則條文可以衍生出截然不同、完全相反的解釋。而法學專家們則在法院裡實際進行「哪邊的解釋才正確」的論戰。

的確，如果不預留解釋空間，就會變成不知變通的死規矩兒，但是正因為可以有太多種解釋，要是嚴密地解釋法律，就會產生無人不是犯罪者的矛盾——沒有人這輩子不曾犯過罪——或許這才應該納入常識的範疇。

就算要結納坂不要從字面上說文解字，應該要好好探索法律之所以為法律的意圖，可是所謂的「意圖」仍讓他感覺是面目難辨、難以捉摸的——要具體指出癥結，不如用譬喻的方式會比較容易理解。以足球為例，世人常說越位之所以要判犯規是因為「很卑鄙、不夠紳士」，但如果越位是種卑鄙的行為，那發動誘使對方越位的越位戰術不就更卑鄙嗎。

這種無視立法意圖地濫用法律——說得直接一點即為「惡用」的情況，其實隨處可見。另一方面，不合邏輯，甚至是不合理的條文也是不勝枚舉，如果光看其立法意圖，通篇就只像是基於一場誤會，或是怎麼看都覺得只是當時政權基於一己之私而訂定的「善惡基準」，也是多不勝數。

所以，法律也是離正義或正道千里遠的。

充其量就是堆條文——不過是些條列式的文章——法律不見得是用來規範道德不道德的尺規，有時想來做善事，卻被這些規定或慣例擋在面前，弄得綁手綁腳，也是司空見慣的事。

這麼一來，法律書終究只不過是一本書，與其說是故事，更像是詩歌之類的——全憑感受者的感性如何解釋。即便如此，若能把法律書全部整理成一本，或許會有無限的解釋，但可能並不會產生無數的矛盾——可是在現實世界裡，法律書卻從來不只有一本。

同是規範一件事，也有多本的法律書。

光是國內已經如此，放眼海外，還會觸及更龐大的「異文化」。

舉例來說，在日本國內，法律規定不能販售以「英寸」為單位的尺。雖然很想問到底是有何不可，不過單純就法律來看，由於日本採用公制，英寸單位的尺規並不符合公制，放任其流通便是違反法律理念的「壞事」——但同樣的尺，在不採公制而採英制的國家裡，明明到處都買得到。

這還只是尺規的問題，所以可以說得如此平靜——但這其實並不是如此平靜就可以帶過的事——因為換成手槍，也是完全能夠說得通。

若是在日本國內持有槍械，可不是常識或感性受質疑就能了事——講常識以前，身為持有殺人工具之人，想當然耳地會被視為危險人物吧。然而，在不禁止私人持有槍械的海外各國，持有槍械則是非常天經地義的自衛手段，完全不值得非議——這並不是法律解釋的問題。

舉出手槍這種聳動的例子是過於極端，但要說到這種標準的不一致是哪裡卑鄙，以醫療技術為例會比較容易了解。每個國家都有可以做的手術、不能用的藥物。在國外救人一命的崇高行為，到了國內可能會被處以傷害罪判刑，這種匪夷所思的對比，絕不是只發生在小說裡的故事。

這是以法律為橫軸在看事情的時候會產生的矛盾與錯位，當然以縱軸來看，「好事」與「壞事」的區別更加曖昧——不僅如此，甚至完全顛倒過來的案例也所在多有。

以前是好事，現在卻變成壞事；現在幾乎難以想像的事，以前卻是稀鬆平常的事——隨著科技的進步，每當出現新的技術之時，人們為了確實管理規範，有時還得制定新的法律來配合。

以前的人近乎執拗地遵守著現在看來已經過時的荒謬法律——而縱使是說不上能做為善惡基準，至少可以做為管理約束標準的現代法律，看在以前的人們眼裡，大概則是做夢也想不到的破天荒吧。

即便這樣，結納坂認為應該還是有垂直貫穿人類史，類似「人情味」的東西能夠成為基準，可以讓他寄予希望。只可惜就連這點也很難說——畢竟縱觀歷史，有將不人道的奴隸制度視為理所當然的時代，也有把殺人如麻的人視為英雄的時代。

對結納坂而言，被問到「你喜歡哪個戰國武將？」這個問題，跟要回答「你喜歡哪個殺人魔？」實在沒兩樣。以現代的感覺解讀過去，無論是什麼樣的英雄或偉人，都是壞事做盡的大壞蛋。

所謂歷史的教科書，其實會不斷地改寫。

既然如此，他真想知道自己一路所學的歷史究竟是怎麼一回事，只是單純的記憶力測驗嗎？

回想起來，也有死都不肯改寫的教科書——主要是以數理科的教科書為大宗。有名的例子像是「電流從正極流向負極」的解釋——後來發現其實是從負極流向正極，但是一開始就被定義的那個定義，到現在還是維持原狀。

既然電子是從負極流向正極，就表示一開始的定義明顯是錯的，但是之後非但沒訂正，還持續做為「正確的定義」教導後生至今——說是縱軸，其實只是因為歷史太漫長，所以實在改不了而已吧？

要說數學無論在哪個國家——說得再極端些，無論在哪個行星——都是不變而對錯分明。倒也不盡然。即使答案相同，演算過程也可能天差地別，像是日本的九九乘法和印度的九九乘法就完全不一樣。還有「零的發明」若為真，那麼發明零以前和發明零以後的數學，應該也可說是完全不同的。

進步代表著變化，而變化有時候可能會否定過去——對錯的規則永遠在流轉。原本以為是這樣，曾幾何時又變得完全不是那樣。而且變動的時間，總是比想像中的還要短。

順帶一提，以教科書來說，結納坂認為國文或許是解釋得最模稜兩可的——因為國文原本就由文章組成，愛怎麼解釋，就怎麼解釋。

大家都會說「試論作者此時的心境」這種題目，即使作者本人來應考也答不出來，可是要因此說作者的答案一定是正確的，也不見得是這麼回事——從作品發表的那一刻起，小說的詮釋權基本上就已經交給讀者了。

那麼不談心情這種起伏不定的玩意，光是嚴謹地看待文字本意呢？不過即便只是「請寫出詞語解釋」，正確答案與錯誤解答的境界依舊模糊。

像是「空穴來風」的意思那樣。

像是「差強人意」的解釋這樣。

像是「醉翁之意不在酒」之類。

縱使感嘆語文程度低落，站在認為應該把字典視為絕對的立場上，也會碰到同樣都是屬於國語文範疇，同一個詞卻在白話文與古典文學裡有完全不同的意思——例如「風流」、例如「逢迎」，或是明明也說得通，卻要被雞蛋裡挑骨頭地說是「不合文法」的狀況。

當結納坂長大成人，看到書裡寫著「漢字其實不存在正確筆順」的時候，真是打從心底感到震驚。

「要那麼做」、「要這麼做」、「那是錯的」——大人總是自以為是地教導小孩，但是如果其根據說穿了根本沒有依據，只是一廂情願憑想像的結果，那麼無論是教人的人、還是被教的人都不過是小丑一群，再也沒有比這更可悲的事了——不只是學習，運動也一樣。

結納坂這個年紀的人，都歷經過嚴格的青蛙跳訓練——雖然他也搞不太清楚，聽說現在正掀起一波「疊羅漢體操訓練是否合宜」的議論。

不，不僅僅是現在，其實過去就有這種討論了，只是終於浮上檯面——就連古代的奴隸制度，當時也有人反對。

想法與解釋——永遠都是多種多樣的。

但是把想法解釋公諸於世這件事本身，又總會受到法律規範而無法盡如人意——不過，原本是要推廣「好事」、規範「壞事」的法律，有時候卻為什麼又變成惡法呢？

殺死一個人是犯罪者，殺死百萬人就是英雄——同樣的道理，拯救一個人是英雄，拯救百萬人卻成了逆賊——嗎？非常有可能。過度的善行與惡無異——一樣會傷害很多人、失去很多東西。

歷史已經證明了這點。

只是，就算結納坂能講得天花亂墜，或許也只會被人一句「這種不言而喻的事有必要特地提嗎」而視如敝屣。講什麼橫軸縱軸的，規則這種東西本來就是因地制宜，反倒是時代已經變了，規則卻仍然一成不變才麻煩。

結納坂也不是沒有人提醒就不懂事的小孩——然而，正因為是大人了，他才知道，其實還有另外一條軸。

假設橫軸是X軸、縱軸是Y軸的話，那就是Z軸——換句話說，即使在同一時間、同一地點做同一件事，對於善惡的判斷也可能有所不同。

或說是個性，或說是人格特質。

明明是做同樣的事，有些人會被原諒，有些人卻不會被原諒——就像同一篇文章可以讀出好幾種不同的意思那樣，本來理當是不應該的事，卻又被視為理所當然。

這個Z軸的問題，比縱軸與橫軸都更讓結納坂傷透腦筋——同樣是殺人，為什麼會根據兇手的「苦衷」及「情狀」而產生不同的判斷呢？只是，心中雖然懷有這些疑問，卻又同時有著認為「不該一視同仁」的理性，使得他傷透腦筋。同樣的罪行，未成年的刑責卻比較輕——有些國家的監獄甚至不收老人。只是現實裡也不會有全然「同樣的事」或「同樣的罪行」，所以該掂量的還是要掂量——同樣是做「好事」，做事的人過去做過什麼事也會影響到他的評價，要說是無奈，也真的是無奈——這是沒辦法的事。

縱然想主張「善」與「偽善」並無二致，但是在這個世界上，偽善還是會受到批評。這麼想來，結納坂漸漸覺得「好事」與「壞事」在本質上，其實還是沒有差別吧——無論是什麼樣的事，都會對某些人來說是「好事」，但同時對某些人而言就是「壞事」。

沒有人能不給別人添麻煩地活下去，相反地，無論是什麼樣的人，只要活著就會有誰因此得到救贖——也說不定。

或者……

有些人就是要死了才會對人類有所貢獻也說不定——如果認為「正義必勝」的說法太幼稚，那麼主張「勝者為王」也同樣幼稚。

「好事」與「壞事」——其實是同樣的事吧。

藉由如此複雜、如此執拗地搬弄道理是非，結納坂仲人終於能夠從自己殺害從小到大的好朋友，同時也是合夥人的緣淵良壽而造成的道德觀糾葛之中，得出「那不是一件壞事」的結論。

殺害好朋友——那算是一件「好事」。他總算好不容易，成功地說服了自己。

3

原本一切都很順利。

由結納坂擔任社長的公司「緣結人」不可能發展得不順利——他們成功揭示了引領時代潮流的嶄新經營模式，現在甚至該說是得意到極點了。

事實上，也的確有很多這方面的雜誌來採訪他——然而，無論接受過多少次成功者的訪談，結納坂也不曾得意忘形，就算多少助長了他的氣焰，也都還在可以忍受的範圍內。

「緣結人」的業務內容——簡單地說是一種仲介業——大致上的工作是

接受客戶「請介紹這種人給我認識」的委託，盡可能協助引見接近其理想的人物。不管客戶要見的是大人物還是特定人士，就算客戶對於想見的人只有模糊概念，都要使出渾身解數，盡量滿足他們的要求——就像突觸（註：生物的神經元之間，或神經元與肌肉細胞、腺體之間交換訊息的接頭）互聯般，把各種關係串連起來，以公司名稱由來之一的「結緣」為畢生的職志。

預測到正因為置身於科技日新月異的現在，人與人之間的關係接下來會愈來愈重要，因此創辦了所謂的人脈開發公司，也成功了——雖然起初不是被認為和人力派遣公司沒啥差別，就是被當成婚友社的變種，結納坂也曾苦惱於想推廣的業務內容不被他人了解——但這也是因為他自己實在無法用言語好好形容出心中願景所致。

對結納坂而言，那只不過是一種感覺，只是區區的直覺——像是如果完全沒有關聯的A公司和B公司的領導人成了朋友，會不會激盪出什麼新的火花呢？或者是這輩子恐怕無緣同席的純文學作家和搞笑漫畫家，如果能像裁縫機與雨傘在解剖台上不期而遇，進而互相刺激影響的話，會產生出什麼樣的作品呢？再說得極端一點，倘若八竿子打不著的藝人和政治家有緣相遇，這些人際關係都會給他們帶來利益不是嗎？

一開始只是這種不值一提的妄想。

把平常絕對不會有機會相遇的兩個人兜到一塊兒，到底會產生什麼化學反應呢——對於極端靠感覺過日子的結納坂而言，要合乎邏輯、條理分明地去說明這種類似好奇心的模糊概念，真的是非常困難的一件事。

因此，有個不用說明，就能理解他想做什麼的好友實在是他的福氣——果真是出外靠朋友。

那個好朋友就是緣淵良壽。

由結納坂出任社長、緣淵當副社長，兩人成立了公司——如今雖然已經是頗具規模的組織，但一開始就只有他們兩個人，而「緣結人」這個公司名稱，也是取自雙方的名字。結納坂雖然是名義上的負責人，但是將他那只能算是靈機一動的想法真正化為具體的，還是緣淵。

因此，比起合夥人，緣淵更像是他的恩人——要殺死既是友人、也是恩人的緣淵，結納坂心中的矛盾衝突不可謂不深。

這不是完全偏離為人之道的行為嗎？

難道沒有其他的解決辦法嗎？

現在不是還能回頭嗎？

做任何事都應該基於常識與良知——他在心中反覆想了無數次，然而結納坂身為靠感覺過日子的人，最後還是服從了自己的直覺。

他像是破解暗號般地破解了「殺人是壞事」這個簡單的命題，甚至還覺得自己的行為是種善行——將其解釋成是被朋友殺害的緣淵不好。

話說回來，從客觀角度來看，也不能說緣淵完全沒有錯——如同沒有不犯錯的人，他也有錯。無論善惡的基準再怎麼模稜兩可，至少緣淵的行為明顯是重大犯罪，就算不是犯罪，也違反「緣結人」的經營方針。一旦被公諸於世，公司就會徹底失去社會信賴，身為社長的結納坂當然也會被拖下水。

為了保護公司，結納坂必須殺死既是友人、也是恩人的緣淵——動手的時候，原本那麼糾結的矛盾衝突居然在瞬間消失得一乾二淨，就像認為殺害緣淵是自己的使命一般，真不可思議。

雖然可以解釋成結納坂事前調整自己心態的嘗試很成功，但換成一般人來判斷，只會認為他已經失去正常的思考能力，為了隱瞞自己人的罪行，犯下更重的罪——人若非失去理智，是無法用鈍器重擊別人頭部的。

不。

他其實還是失敗了——無論羅織了多少理由，無論下定多麼堅定的決心，他還是有些猶豫。

對殺死朋友這件事感到猶豫。

為了連繫人與人之間的關係而創業，在創業之際最不可或缺的連繫——即使如今已不再需要，甚至還成了阻礙，難道就要斬斷這層關係嗎——這讓結納坂很猶豫。但是人類的價值觀和道德觀並不會這麼容易改變，況且到了這地步，對於被害人緣淵而言，這股猶豫完全救不了他。

甚至從被害人的角度來看，這樣的猶豫反倒還導致了更殘酷、更悲慘的展開——因為受到心中猶豫的影響，結納坂對緣淵頭部的那一擊，並不足以使他當場斃命。

看到朋友趴在地上，頭部血流如注還在垂死掙扎，結納坂馬上明白自己失敗了——一時之間「應該再來個致命一擊」與「應該馬上叫救護車，當做一切都沒發生過」的想法在心裡勢均力敵，但他很快否決了後者。

用鈍器重擊緣淵頭部的那一刻，緣淵已經不是結納坂的朋友了——這傢伙絕不是心胸寬大到會原諒這種事的聖人。他打破的不只是緣淵的頭，還有他們的友情。事實上，他只有「殺人未遂」與「殺人」兩種罪狀可以選擇——既然如此，「一不做、二不休」就是他無法挽回的結論。

無法回頭的他，做出了無法挽回的結論。既然做出了結論，就應該給那傢伙致命一擊，有多快給多快。

應該讓緣淵從瀕臨死亡的痛苦解脫——明明自己就是造成他痛苦的人還真敢說，實在是太自私了——但這卻也是結納坂真心無偽的想法。

他相信，如果能壓抑不想傷害對方的自我，給奄奄一息的合夥人致命一擊，絕對是件「好事」——但直到最後，他還是沒做這件好事。

他眼睜睜看著昔日的友人慢慢地斷氣，直到最後的最後的那一刻——他並沒有「為他送終」這種值得讚揚的心情（就算有，也不值得讚揚，而是自私到了極點），但也不是單純下不了手給他最後一擊。

結納坂之所以沒給他最後一擊，是因為瀕臨死亡的緣淵用自己頭部傷口流出來的鮮血——用自己的手指開始在地板上寫字。

所謂的死前留言。

（呃……）

結納坂看他那樣子——無語了。

即使不愛看推理小說的結納坂，也知道什麼是死前留言——照常理想，身為兇手，絕不可能讓那種東西留下來。

他原本想偽裝成闖空門的強盜幹的好事——不打算多做任何不上不下的手腳，而是想塑造出毫無關係的小偷臨時起意闖進緣淵家，剛好在家的主人慘遭殺害的故事，所以結納坂把重點全都放在消除自己曾經登場的跡象。

也因此，更不能讓緣淵留下任何訊息。就算沒有直接寫出「兇手是結納坂」，一旦被他留下足以暗示這點的文字，轉眼之間就會露餡了。當結納坂發現垂死的過去好友似乎在寫什麼時，當下的心情其實想趕緊置其於死地。

但是。

（嗚……嗚呃……）

他下不了手——他不能下手。

其實，倘若緣淵寫下的是結納坂的名字，或者是露骨地暗示犯人就是他的訊息，結納坂肯定會毫不猶豫地痛下殺手吧——應該會受到原始的自保欲望驅使，將理智及情緒全都拋到九霄雲外。

然而，結納坂卻沒有這麼做。

因為緣淵用顫抖的手指寫下的，是這樣的一串文字——

「丸いと四角いが仲違い（圓的和四方的關係不太妙）

逆三角形では馴れ馴れしい（倒三角形的話完全沒在客套）

直線ならば懐っこい（如果是直線又很愛示好）」

（……）

昔日的友人寫到這裡，嚥下最後一口氣。

根本不用給他致命的一擊。

雖說是使出最後的力氣，這個死前留言也太長了，結納坂甚至擔心起緣淵到底要寫到什麼時候，但當他察覺緣淵並不是在寫下自己的名字之時，卻也沒有任何行動。

動彈不得。

這段宛如暗號般的文字令結納坂動彈不得。

這並不是「辭世之詩」——不是五七五七七那樣的五句絕命詞。

應該沒有人會擅長用手指頭，而且還是沾著鮮血的手指頭來寫下訊息，再加上寫字的緣淵已經奄奄一息，他的字跡只能用「凌亂」兩字來形容——自己是否真的有看懂那幾個筆劃較多的漢字，結納坂也沒什麼把握。

然而，看起來就是只寫了這些——但因為只有這些，所以也看不懂是什麼意思。

即使看得懂文義，也不懂他的用意。

彷彿是在閱讀什麼複雜的法律條文，看不見基準在何處。

為了防止兇手把死前留言擦掉，死者運用暗號留下訊息——這是推理小說裡的基本套路，但是就一個不甚熱情的讀者角度來看，結納坂認為這種故事根本是紙上空談。

因為他覺得不管有沒有轉化成暗號，一旦發現被害人在寫什麼可疑的文字時，兇手為求慎重，一定會把那些字擦掉才對——可是當自己實際面對這種情況時，他卻無法擦掉寫在地板上的血書。

這當然也蘊含了冷靜的判斷——擔心這種湮滅證據的行為反而會留下新的證據——可是要說的話，這只是附加的理由。

留在地板上的這段文字，的確可能是指認結納坂的暗號——只要是人，九成九都會這麼想吧。甚至應該直接這麼認定，做好該做的風險管理。

然而他卻無法不去思考剩下那一分的可能性，搞不好……

（一旦解開暗號，的確可能會出現我的名字。可是，搞不好——）

（搞不好會是我夢寐以求的保險箱密碼——）

保險箱密碼。

那二十五個數字，也直接關係著他殺人的動機。

4

在那之後的發展，則完全沒能照著結納坂想像的劇本來走——雖然有些事幸好不照劇本走而得救，也有些事因此變得非常棘手麻煩。

之所以說得救了，是來自對於罪惡感所作的反思——親手殺死多年的知己，雖然是下定決心只剩這條路可走、做好心理準備的犯罪，但是也不難想像，之後應該會遭受極度強烈的後悔折磨。比起早就沒啥聯繫的家人更為關係緊密的合夥人——結納坂不認為自己殺了緣淵還能保有正常的感覺，他曾以為自從犯下重罪的那一夜之後，自己將會徹頭徹尾地變了一個人。

然而，結果卻沒什麼變。

很意外地，自己仍然是以前的那個自己——從某個角度來說，這令他驚訝。直到動手前一刻的內心糾結就像假的一樣，「什麼也沒變」——或許不該把「百思不如一試」這句俗諺套在取人性命的時候，但自己可能在內心深處把「殺人」這個行為，想像得太過於戲劇性也說不定。

事實上，對結納坂而言，「殺人」什麼的行為也只有在電視上看過，對其會有戲劇化的想像也不難理解，然而，當自己真的殺了人，才發現這只不過單純是一種行為。

就不過是這麼一回事——吧。

只是做了自己覺得是好的事、認為是對的事——既然如此，就不可能有絲毫的後悔。

即使殺了人，自己還是自己——也許結納坂原本就是一個殺人不眨眼的人，根本不需要調整心態。

縱然不管這些，或許是因為比起後悔還有更應該思考的事，才能讓他保有自我也說不定——必須對於緣淵寫下的死前留言進行解析。

說到無法按照劇本來走的失算，變得非常麻煩的就是這件事。最後，結納坂完全沒去碰死前留言——既沒有擦掉、也沒有塗掉，就這麼離開了緣淵家的客廳——離開了命案現場。

他也沒有寫下或拍下死前留言——以臨死前的留言來說，這段文章是長了點，但也沒有長到背不下來，這樣的話，就不該輕率地留下記錄，免得在日後導致「記錄成為證物」的發展。

無論如何，對於感性的結納坂而言，解析暗號根本是不可能的任務——如果是單純猜謎或腦筋急轉彎就算了，他不認為自己有本事解析暗號。

那，乾脆把這個任務交給專家吧——這是結納坂在當下做出的判斷。

——專家。

身為犯罪者，結納坂決定把這件事交給調查的專家——也就是警方。

就算特地從現場偷走財物，費盡心力偽裝成強盜殺人案，警方也不可能不來找既是緣淵的朋友，又是公司合夥人的結納坂問話——到時再反過來問他們那是在寫什麼就好了。

重視人與人之間的連繫及關係的結納坂在遇上難題、感覺憑藉一己之力無法解決事情的時候，並不會排斥向他人求教——即使對象是對於現在的他而言等同天敵的警方，也並不例外。

不過，這就是他的失算。

真是做夢也想不到的發展——原本他擔心的，頂多只有「解開暗號發現果然是在指認結納坂」的狀況而已。

這也算是很自然的狀況，當然結納坂也已經想好那時候該怎麼應付——暗號可以有無數的解釋，所以就算無數分之一的解釋出現自己的名字，也能找到藉口開脫。

當然這麼做有非常大的風險，但結納坂認為自己想取得的東西，就是值得冒這麼大的險——只要有一絲能導出那二十五個數字的可能性，他就敢毫不遲疑地把死前留言交給警方判斷。

然而，現實無法盡如人意。

就跟他把殺人想像得太過於戲劇性一樣，儘管結納坂在心中暗笑死前留言不過是空談，但實際上他仍然太重視——太過於重視其存在。

總之，警方對死去的被害人緣淵拚著最後一口氣寫下的死前留言，似乎不怎麼感興趣。

剛開始，結納坂還以為警方是步步為營，才會對於相關人士隱瞞死前留言的存在——像是在偵訊時，刻意隱瞞「只有兇手才知道的事」那樣。

身為真兇，當然他也曾經設想過這個狀況，可是實際狀況卻並非如此。

當他左思右想該怎麼問才能不讓人起疑、不著痕跡地套出警方的話之時——

「對了，結納坂先生。」

來到公司，長相言談都與他那副方形眼鏡極為相稱，自稱鈍磨的警部竟然淡淡地——彷彿只是順帶一提地挑起這個話題。

「——緣淵先生好像留下了這麼些文字，您有什麼頭緒嗎？」

（我才想問呢……）

結納坂心想，這該不會是在試探自己吧——結果並不是。當他回答「沒有任何頭緒」、「完全搞不懂那是什麼意思」之後，對方居然就輕易撤退了。

「這樣啊。也好，反正也不是什麼大不了的事——」

這種認知的落差令他心急如焚，但是在強裝平靜的應訊過程之中，終於也捉摸到了對方的心態——雙方對於「死前留言」的認知似乎天差地別——想來，這也是當然。

如果是在推理小說的世界裡，死前留言通常會被當成決定性的證據，對兇手而言，也是致命的證據。雖說並不是兇手留下的證據，而是被害人留下的——但是如同光憑自白無法定兇手的罪一般，單靠被害人的片面之詞也無法定兇手的罪。

就算緣淵直接留下「兇手是結納坂」的訊息，當然足以成為呈堂證供，但也不能光憑那樣就判結納坂有罪。

結納坂根本無需去準備什麼「無數分之一」這種膚淺的藉口。

而想必是在意識不清、混亂至極的情況下寫的死前留言能具有多大的可信度，實際上也還是個問題。

一個搞不好就是冤案的溫床。

所以警方在搜查時，雖不至於無視那則留言，但似乎也沒怎麼看重——

甚至還有點心懷「萬一真有什麼意義，等抓到兇手再問他就好」的感覺。

這也太樂觀了吧——一股宛如是有感於社會之不公不義的不平讓結納坂瞬時怒上心頭，不過若把他個人的問題擺一邊，想想倒也不是不能理解。

的確，被八卦節目拿來探討的那些真實案件，裡頭偶爾是會出現類似暗號的玩意，但也從未聽說那是破案的關鍵。

節目中從內行人到外行人各自提出一套看似有模有樣的解釋與分析，最後頂多就是得到一個「沒什麼太大的意思」的結論——「解析暗號就等於掌握住局勢關鍵」這種事，只會發生在戰爭裡。

可想而知，考量到成本效益，檢調機關不會有那個閒工夫來追查這種「或許真的沒什麼意義，即使有也不足以成為證據」的死前留言。只是身為無法置身事外的當事人，可是沒辦法看得那麼開地還去計較CP值。

不管結果如何，就算最後會出現自己的名字，他也希望能解開暗號——而光憑這點，也足以證明結納坂絕非「受到推理小說的不良影響才殺人」的犯罪者。畢竟世上肯定沒有哪一本推理小說裡的兇手，會偏偏硬要纏著警方說什麼「我想那個死前留言一定很重要，請務必解開」之類的——雖說鈍磨警部似乎已經完全認定這麼要求的結納坂，一定是個無可救藥的推理迷。

對他而言真是個天大的誤會，而這個誤會，又將結納坂帶向下一個命運的轉折。

先不管那是不是一件幸運的事——

「我知道了啦。既然如此，結納坂先生，我介紹個專家給您認識吧。」

鈍磨警部面露不耐，這麼對他說。

介紹？

介紹人與人認識，分明是結納坂公司的業務才是。而且——專家？他滿心以為專家就是警察——不過的確，「調查犯罪」與「解析暗號」似是而非，或許該說是完全兩回事。

這樣的話，所謂解析暗號的專家，指的又是什麼人呢？

「是偵探啦。」

至此，鈍磨警部第一次面露微笑——怎麼？明明是要把燙手山芋整顆扔給別人，這態度怎麼還似乎有點洋洋得意。

「我會把私家偵探掟上今日子小姐介紹給您。」

5

「您好，我是私家偵探掟上今日子。」

滿頭白髮的女性這麼說著，出現在公司的會客室裡。她比想像中還要年輕得多，令結納坂嚇了一大跳。當然，因為從事這行，他過去也見過各式各樣出乎意料的個性人物，還不會笨到用從外表或年紀去判斷別人的能力，但是同樣地，他也很清楚第一印象的重要性。

根據這些經驗運算出來的結果，結納坂對眼前深深一鞠躬的偵探暫時給了一個「無從揣測」的評價——實在摸不透她的底細。

雖然掛在臉上的是溫柔微笑，但卻又難說是平易近人，即使同樣都戴著眼鏡，也跟鈍磨警部不太一樣，並沒因此醞釀出知性的氛圍——反而彷彿是藉由戴眼鏡，讓一片堅固的玻璃隔在兩人之間。

配合結納坂「不想讓人知道自己找偵探來」的要求，偵探穿著灰色的連身運動服，打扮得像是個貨運公司的人來找他。對於她的喬裝打扮，結納坂不得不說句難聽的——穿這種土到爆的運動服，看來還如此時尚是怎樣。

（這就是……）

（這就是——「忘卻偵探」嗎？）

起初，對於鈍磨警部介紹私家偵探給他的提議，結納坂是面露難色的。不管鈍磨警部是基於好意，還是只想甩掉他這顆燙手山芋——這個建議都讓他興趣缺缺。

即便不是結納坂心裡有鬼，也是如此吧——如果是屬於公家機關的警察也就罷了，對於要讓私家偵探這種民間業者，得知相當於攸關公司命運的機密資訊而心生抗拒，也是身為經營者再自然不過的反應。

「您不用擔心。」鈍磨警部卻向他打包票。「無論是什麼樣的委託、什麼樣的諮詢，今日子小姐都會在當天就把內容都忘掉——今日子小姐可是一個記憶只能維持一天，絕對會遵守保密協定，如假包換的忘卻偵探。」

真的有這種人嗎？首先，只能維持一天的記憶，還能從事偵探這一行嗎？結納坂當然不免感到狐疑。然而，他也有透過工作鍛鍊出來的調查能力——一查就知道忘卻偵探的確是位名人，只是他剛好沒聽過而已。

不，結納坂之所以截至目前「剛好沒聽過」這個人，其實也可以說具有某種必然性。重視人與人之間的關係，以拓展人脈及人際網絡為經營理念是「緣結人」的主義和主張，與她個人經營的置手紙偵探事務所的招牌「保證將工作內容全忘掉」這般等同於「將人與人之間的連結與緣分用過就丟」的行事風格，可說是完全對立——正好相反。

與其說是油水不溶，不如說是水火不容。

要是沒發生這件事——要是警方沒有居中牽線——忘卻偵探與人脈公司的社長大概永遠都會是兩條平行線吧。

因此，一方面出於好奇心，另一方面也基於「說不定經由這份緣分，以後還有機會合作」這種工作上的別有用心，結納坂才會請鈍磨警部把偵探介紹給他——當然最大的目的，還是為了解析副社長留下的暗號。

既然她會忘了在這裡談過什麼，那麼就可以跟她商量些不方便跟鈍磨警部提到的事——就算沒這麼理想，偵探也跟律師一樣，即便告訴她一些對公司不利的內容，應該也會基於保護委託人的權益，不可能特地去告發他。

當然，如果是「殺人」則又另當別論，但是與鈍磨警部交手之後，結納坂幾乎已經不擔心解開死前留言可能會出現自己名字的問題——因為死前留言遠比他想像中更不具證據效力。

相較之下，結納坂更希望能快點找到答案——縱使沒有答案，至少也要有個結論。

只要能搞清楚那不是保險箱密碼，他也可以死心，把這件事放下。

從這個角度來看，忘卻偵探今日子小姐可以說是再理想不過的偵探——因為她還同時保有「最快的偵探」這個稱號。

無論什麼案件都會在一天以內解決——最快的偵探。

也對，因為不管接下什麼委託，她都會在一天以內忘記，也必然無論什麼案件都得當天解決——這個必然性對結納坂來說，真是謝天謝地。

真的有辦法在一天以內，解開結納坂很快就放棄研究的這組「副社長留下的暗號」嗎？仔細想想還挺令人懷疑……

「那麼，事不宜遲，自我介紹就到此為止吧。結納坂先生，可以先讓我拜見那個暗號嗎？」

事實上，今日子小姐果然是迅速果斷——或許因為結納坂是經由警方介紹的，讓她認為不需要再浪費時間彼此試探。

平白無故被懷疑固然敬謝不敏，但是做賊心虛還被懷疑就更避之唯恐不及，所以這樣的判斷與效率真是求之不得——不過為求謹慎起見，有件事還是得先問清楚。

「呃，今日子小姐，聽說貴公司絕對不會違反保密協定……」

「是的。因為一到明天就會忘記。還請您敞開心胸，暢所欲言吧。」

「……我想多少會提到一點敝公司見不得人的內幕。我已經知道你到了明天就會忘記，但是你能保證在明天以前一定會保密嗎？」

「我不能保證吔——這個嘛，就請您好好享受這一點點的刺激吧。」

她半開玩笑地說道。

不過這麼說，反而讓他覺得可以信任這個人。

「可是請您放心，我是金錢的奴隸。只要該收下的東西有收到，就會遵守保密義務。」

……這下又讓他覺得此人完全不可信了。不過，想到置手紙偵探事務所比行情高出許多的價碼，可信度先放一邊，這倒是增添幾分真實性。

結納坂下定決心。

他從口袋裡拿出一張照片——那是向鈍磨警部借的現場照片，也是緣淵家客廳的照片。當然，裡頭並沒有緣淵的屍體，只有其死前寫下的留言。

結納坂原本以為警方不會隨便把這種照片給外人看，沒想到鈍磨警部卻非常乾脆地把照片借給他，可見鈍磨警部打從心底不把這個死前留言當做一回事——或是這個警部對於今日子小姐打從心底信賴有加。

無論如何，這也使得他可以像這樣把自己不敢拍下的死前留言照片交給偵探，所以結納坂感覺局勢站在自己這一邊——只要今日子小姐接下來能順利解開暗號的話。

「嗯……」

今日子小姐接過照片，拿起來用天花板的日光燈透著光瞧——看她那個樣子，活像是在鑑定照片本身的價值似的。畫質那麼好的照片，用不著湊近湊到都要貼上眼鏡鏡片，也能辨認那些字吧——結納坂心想。但今日子小姐卻仔細端詳到幾乎執拗的地步，不僅變換角度，還翻到背面，一下用右手拿，一下換成左手拿，不停地檢視照片。

「你、你看出什麼了嗎？我在猜，這是否意味著二十五個數字……」

雖然有些露骨，但結納坂熬不住沉默，像是想要誘導偵探似地說出了這句話。即使一再告訴自己不會有事，但實際面臨這種情境時，還是會感到不安，會擔心是否會從暗號裡解析出自己的名字。

不要緊。

只有被害人的控訴——是毫無意義的。

彷彿詠唱咒文般，他又在心裡念起這句在腦中重複過好幾次的話。

「還給您。」

今日子小姐終於把目光從照片移開——或該說是把照片移出視線之外。她就這麼將照片還給結納坂。雖然感覺她注視著照片良久，但是在拿回照片時，結納坂發現時間只過了短短十分鐘左右。

才過了十分鐘左右……該不會在這短短十分鐘裡，她已經解開那個暗號了吧？

要是那樣——即便號稱最快，也實在太快了。

「呃，那個……今日子小姐。」

「我想請教您幾個問題。」

今日子小姐豎起手指，彷彿是要阻止忍不住探出身子的結納坂。

「您口中的二十五個數字，是保險箱密碼或是什麼認證碼之類吧？」

真敏銳。

果然誘導得太露骨了嗎——可是，她之所以會問這種問題，莫非也表示那個暗號符合結納坂的期待嗎？

可以的話，他實在不想交代得太清楚，只是看樣子，似乎不能如他所願——雖然到了明天她就會忘記，但是要把與殺人動機有直接關聯的內幕告訴偵探，還是令他頗為躊躇。

然而，既不想亮出自己手中的王牌，又想問出暗號的答案，實在也想得太美了。

「你猜得沒錯，是保險箱的密碼——我猜如果緣淵要留給我什麼訊息，或許就會是保險箱密碼，所以才會這樣委託今日子小姐。」

結納坂說到這裡，瞥了會客室的門一眼。

「如果有需要的話，我稍後可以帶你去看……副社長室裡有個大型的保險箱，知道那個密碼的，只有緣淵一個人而已……啊，不過如果那個暗號是揭露殺害緣淵的可惡兇手是誰，我也認為委託你來很有價值……」

結納坂最後特地補充的一兩句話，可能是聽起來真的太假了，今日子小姐對此毫無反應——算了，比起被當成殺人犯，還是被當成只考慮公司利益的冷酷企業家比較好一點。

「雖說是保險箱……但裡頭並沒有我家主人對吧？」

「你家主人？」

結納坂愣了一下，一時間不明白她所指為何——大概是指「錢」吧——她可能認為直接說出錢這個字很沒品，但是這種說法其實更加下流。

「如果是因為裡頭有什麼貴重物品拿不出來，只要叫保險箱業者來把保險箱破壞掉就好了——既然有不能這麼做的隱情，就表示您剛才所提到的貴公司『見不得人的內幕』，就是鎖在保險箱裡的東西吧？至於您的委託，是要我暗地裡把那些東西拿出來嗎？」

「啊，嗯……對的。」

他只能點頭。

如此肆無忌憚地一語道破別人心中事，與其說是又快又犀利，不如說她實在讓人很不舒服——而若說這些話是她理性思考的結果，更是難以置信。

結納坂也屬於直覺型的感性人物，所以他很清楚——這個偵探是靠感覺看穿一切的。她只是把想到的事全部講出來，就算猜錯也無所謂。要說隨便也挺隨便的——即使是隨便的推理，只要能藉此窺探結納坂的反應就夠了——這才是她的盤算。

原本就沒有掉以輕心的空間，如果在此粗心大意，不管死前留言怎樣，可能都會被這個女人看穿眼前的委託人就是殺人犯，所以結納坂重新繃緊神經，心不甘、情不願地說。

「保險箱裡的東西是名冊。」

心不甘、情不願是他真實的感受，但結納坂刻意地表現得誇張了些——這是低調地想強調除此之外，再也沒有其他虧心事了。

可能是小心機，但也是必要的小心機——要說粗心大意，竟然把偵探請到公司來就已經夠粗心——但已經來到這裡，也不能再回頭。

「事到如今，不用再說明本公司的業務內容吧？我們是為了搭起人與人之間的橋梁，提供各種人脈網絡的仲介業——當然也掌握了許多人的聯絡方式，甚至可說本公司最重要的業務，就是想辦法弄到人們的聯絡方式。」

「原來如此。所謂的『名冊』，可以想做是將那些聯絡方式整理下來，類似通訊錄的東西吧？因為是重要的個人隱私，也是企業機密，所以不想讓外人看到或碰到。是這樣嗎？」

如他所料，今日子小姐也似乎並不是真的看穿了一切，問了有點不著邊際的問題——不，也可能是她故意這麼說，藉此觀察他的反應。

要疑神疑鬼會沒完沒了——與其坐上勾心鬥角的賭桌，乾脆地亮出手中所有的牌還比較輕鬆。

沒差，反正到了明天，一切都會在忘卻的彼岸。

「緣淵收在保險箱——藏在裡頭的東西，是以非法手段取得的名冊。而我得澄清一下，我是不知情的。」

他不太想講會讓人聽來像是在推諉的說詞，然而這句話也並無虛假——結納坂是真的不知情。

他真的不知道自己信賴的副社長的一直以來都用違法——不然也是鑽法律漏洞的方式製作「名冊」，而且還用來協助公司建立關係。

身為領導者，不知情本身就大有問題，結納坂也不認為自己可以佯稱毫無所知，撇清關係——若問這事是好是壞，明明白白就是一件「壞事」。

也因此，他在知道這個事實時相當震驚，並馬上質問合夥人——然而，緣淵卻絲毫不認為這有什麼不妥。

友人似乎完全沒有做「壞事」的自覺——不僅如此，還一副認為這是為了讓公司壯大的「好事」的樣子。緣淵還主張之所以會染指非法行為、瞞著結納坂到現在，全都是為了公司。

都是為了公司。

都是為了你著想。

友人說得振振有詞，但結納坂完全聽不懂——無法解讀他的意思。

緣淵的行為一旦公諸於世，公司無疑會倒閉，而結納坂也得跟著完蛋。他無論如何都想讓緣淵明白事情的嚴重性，但他們的討論始終沒有交集。

雞同鴨講的程度非比尋常。

相較於認為光是持有那種名冊就很危險，應該要馬上處理掉的結納坂，緣淵堅決不肯告訴他保險箱的密碼。不僅如此，還繼續籌畫要如何取得更新的名冊——因為已經被結納坂發現了，他也不再遮遮掩掩。甚至還堂而皇之到了幾近挑釁的地步——別說不在乎這件事公諸於世會有什麼後果，或許緣淵根本認為縱使把公司搞垮個一、兩次，也可以重新來過。

若真是如此——彼此的價值觀已然相差十萬八千里。

不管使出什麼手段，結納坂都想保住在緣淵的協助之下成立的公司——為了掩飾違法，甚至不惜做下犯法的決定。

甚至決定要殺死好友。

……即便如此，自己還是想過要給緣淵機會的。在用鈍器敲破他的頭之前，結納坂先說了句「這是最後一次」，又再問了他一次保險箱密碼。

但緣淵只是笑笑，不予理會。

大概是沒想到自己會被殺吧——還是寧死也要保住名冊呢？

結果，結納坂的心情終究未能傳達給友人——傳達到的只有殺意。

因為痛下殺手，總算是成功阻止副社長伸手新的違法行為，至於保險箱裡的名冊——違法行為的證據——讓結納坂鑽牛角尖鑽到甚至覺得只能靠自己打壞保險箱，別無他法。

但緣淵留下了那個暗號。

死前留言。

會不會是緣淵臨死前痛改前非，願意告訴他密碼了呢？

這是非常自以為是、一廂情願的想法，可是因為那個暗號，讓結納坂滿懷希望。

保險箱密碼之類的資訊，本來就不是可以直接寫下來的，更何況就連緣淵也有自覺，以社會常識來判斷，裡頭的名冊根本是違法物品。為了記住那二十五個數字，會想到將其化為暗號，也是極其自然。

至少比起垂死時才臨時想出一個暗號的不自然要來得合理許多——之所以不直接寫下數字，是因為臨死之際的意識陷入混亂，還是想讓不知情的人看了，也不會覺得這個訊息有什麼問題？這些只能靠想像了。

「我了解狀況了。不過，我不會對緣淵先生的非法行為進行任何善惡的評價。我得說這與我無關——反正到了明天，我就會忘記。」

今日子小姐這麼說。

不曉得她心裡怎麼想。究竟只是裝出一副基於專業、就事論事的樣子，還是真的什麼感覺都沒有呢？結納坂無從得知。

「無從揣測」的第一印象如今已逐漸變成「難以捉摸」。

「確認事項到此為止。那麼，接下來就從『暗號到底是什麼』開始，來為您陳述忘卻偵探的推理吧。用最快的速度，絕不拖泥帶水。」

6

「首先最重要的是，無論是什麼樣的暗號，都是為了被解開而存在的——只有這個前提，不管發生任何事都不會有變化。這個案例雖然算是死前留言，但是基本上，所有的暗號都是要傳遞某個人的訊息，這點請務必謹記在心。」

被忘卻偵探要求「請務必謹記在心」，實在不曉得該以什麼表情面對，結納坂只好露出模稜兩可的微笑。

（訊息……是緣淵要給我的訊息嗎？難道他是想說「公司就交給你了」嗎？還是「接下來輪到你當壞人了」呢……）

「讓我們按部就班地討論吧——解析暗號的手法其之①，假設暗號文本身有其意義的情況。」

「……？會有『沒意義的情況』嗎？」

儘管像這樣基於禮貌試著附和，對於沒有半點推理細胞的結納坂而言，這些講解根本不重要，只一心希望她趕快揭曉答案。如果能推導出二十五個數字，他只想知道那個結論——可是，考慮到自己身為委託人的立場，也不能這麼任性。

「有啊，當然有。」今日子小姐給了一個意外但也不意外的回答。「去檢視字面上的文義到底是有意義，抑或是沒有意義——想像一下諾斯德拉達姆斯的預言就可以了，恐怖的大魔王到底在比喻什麼？安哥爾・摩亞又代表什麼？當時大家不都是這樣在解讀那些文章嗎？」

諾斯德拉達姆斯的預言——她居然搬出這麼古老的東西來，讓結納坂大為傻眼，然而隨即又想到這或許也是忘卻偵探的特性。

知識及經驗無法在腦海中累積，每隔一天就會被重置，就會像這樣只能盡是拿出懷舊事物做例子嗎——她不受時間這縱軸的影響。

價值觀不連續。

（每天起床都得面對不同價值觀的世界，會是什麼樣的感覺呢……？到底該怎麼自我調適呢？）

結納坂想著想著搞得腦袋有點打結，但是忘卻偵探本人卻毫不在乎地接著說：「若用這種方式來解析緣淵先生留下的訊息……第一行的『圓的和（丸いと）四方的關係不太妙（四角いが仲違い）』這句，會讓人不由自主地想到『化圓為方』對吧？」

化圓為方？那是什麼東西？

總覺得好像聽過，但一下子又想不起來——是學生時代的聯考內容嗎？

「就是限制只用圓規和尺，卻要畫出相同面積之圓形和四方形的作圖命題啊！您不知道嗎？這可是希臘的三大難題之一呢。」

「啊，是是，原來是那個啊。」

結納坂下意識地附和著，但實在說不上是真的想起來了。

「因為是三大難題，肯定很困難吧？」

「已經被證明是無解了。」

總之順著她提出了個問題，只換回冷若冰霜的回答。解不開的命題——這有什麼意義嗎？當數學家們不斷挑戰解不開的命題，最後卻只得證這些命題無解——「解不開」之時，心裡究竟做何感想呢？緣淵留下的暗號，真的有像樣的解答嗎？結納坂顯得有些淡淡的不安。

「那、那麼第二行和第三行，是代表著另外兩個難題嗎？呃……好像是任意角三等分……和……倍立方的體積問題……是嗎？」

在腦子裡翻箱倒櫃地搜尋記憶之後，結納坂如是說。

「我一開始也以為是這樣。」

但是今日子小姐卻搖搖頭。

「雖然並非和歌五七五七七的五句絕命詞，但是有押韻，主題也用圖形一以貫之，看來也像是『有意義的暗號』——就像藏寶圖背面寫著的『骷髏頭的左眼是什麼意思？』之類的謎語般。然而，第二行的『倒三角形（逆三角形）』還勉強可以解讀為在講任意角三等分問題，可是要把第三行的『直線』拗成立方體，怎麼想都太牽強。」

即使文章沒有意義，但若是等級夠高的暗號，還是可以將文意處理到讓人表面讀來說得通——今日子小姐這麼說。

驗證式推理嗎……

結納坂已經有心理準備了，看來要花上點時間才能獲得解答——雖說是最快的偵探，但看樣子並非是因為專挑最短距離來走才會最快。

甚至感覺她似乎是連合乎常理的捷徑都嫌棄——或可說是腳踏實地吧。

「接下來便是解析手法其之②，假設暗號沒有意義的情況。」

「……沒有意義的話，不就也沒有解答了嗎？」

「不會的。如果有段看似沒有意義的文章裡頻繁出現『た』這個字，

旁邊又畫著一隻狸貓圖案的話……如何？」（註：狸貓的日文為「たぬき」，「ぬき」音同「拔き」，爲「拿掉」之意，所以狸貓圖案是指「把『た』拿掉」）

居然還這麼煞有其事地問「如何」——這麼幼稚的暗號不用這樣問我當然也知道——這跟化圓為方的程度也差太多了。

不過，結納坂也察覺到她的言下之意。

這個偵探是在說，有些暗號的解析模式並不是去解讀表面上的文意，而是要透過某種像鑰匙般解碼法則，重整文章，方能使其展露出真意。

若要舉一些單純的解讀法，像是「每隔四字取一字」、「只取文章裡的漢字」之類，或是像《伊勢物語》裡的「燕子花」那種「取每行首字」的藏頭詩應該都是……想到這，結納坂又重新端詳起那張死前留言的照片。

當然，上頭並沒有畫著狸貓的圖案——如果是那麼簡單的暗號，就不用特地找偵探。

「說來在網路技術領域之中，也有用質數做為金鑰，對密碼進行加密的作法呢。」

結納坂裝得一副很懂地這麼說。他雖然是單純想延續話題，卻沒想到今日子小姐只是一臉茫然——她都知道化圓為方了，不可能不知道質數——那麼無法瞬間與知識做連結的，應該是「網路」和「密碼」吧。

這個人的記憶，到底是從什麼時候開始無法累積的呢——他不經意地想到這一點。

說來，既然記憶無法累積，她要怎麼認知自己是個偵探呢？在記憶無法累積的狀況下，要認知「自己的記憶無法累積」也不是件容易的事吧。

「至於解析手法③，則是字面上沒有意義，但是能從筆跡或文具看出玄機的情況。」

結納坂剛才心中的疑問，在今日子小姐挽起袖子的同時也真相大白。

她那細緻白皙的手臂上，用簽字筆寫著「我是掟上今日子。二十五歲，偵探。置手紙偵探事務所所長。記憶會在每次睡著的時候重置」。

原來如此，藉由在自己的身上留下這種親筆寫下的訊息，好讓自己不至於失去自我。

倘若把記憶的消失視為某種死亡，這也是一種死前留言吧。

然而，她的智慧固然令人敬佩，但是這樣的訊息根本稱不上暗號吧？簡直直接到毫無轉折，除了字面上的意義，也沒有其他了吧。

「倒也不盡然。只要看筆跡，就能知道我在寫下訊息時處於什麼樣的狀況。筆跡工整，應該就不是在走投無路時匆忙寫下的。若用水性筆書寫，就表示當時手邊大概沒有油性筆……如果『事務所』的字體太小，可能是我對換行位置有些猶豫之類。除了文義以外，手寫文字也是情報的寶庫。」

筆跡鑑定——嗎？

在數位科技全盛的時代很容易忘了這件事，先不管字美字醜，只有從手寫字跡才能看見的資訊是確實存在的。若說是暗號，也的確是暗號。

嗯。

換句話說，因為緣淵的死前留言也是手寫——而且還是用血寫的，所以存在著讀取這層意義的空間嗎？

要是如此，當時沒拍下照片，只背下文章就離開現場的結納坂，就成了世間少有的大笨蛋了——不過，就算這樣看著照片，也完全沒有任何靈感，頂多看這留言或許是寫在臨死前，筆跡凌亂覺得有些在意而已。只是，如果要拿這點來做文章也過分了些。

還是用了拿著像紅色透明墊板之類的遮上去，紅色部分就會消失顯現出真正訊息的那種玩意呢？很難想像遭到殺害的被害人在彌留之際，還能搞這麼複雜的小動作……

「那正是解析手法④，為了解析暗號，必須用到其他實體道具的情況。這樣的話，光是與暗號大眼瞪小眼，也是瞪到地老天荒都解不開。不能只看著照片，而是得審視包括情境在內的實物才行。」

「咦？是這麼回事嗎!?」

那就傷腦筋了——她該不會現在要去緣淵家的客廳一探究竟吧？即使結納坂是緣淵的合夥人，應該也無法輕易取得進入命案現場的許可……而且他也不想再回到殺死好友的現場。

「為了網羅所有可能性，萬一真有必要的話，也非得這麼做，但是因為結納坂先生已經給了我提示，範圍就一口氣縮小了。」

因為暗號可以有無數的解釋呢——今日子小姐說道。不過結納坂可不記得自己給過她什麼提示。要是他有能耐給得出提示，早就自己找出解答了。

「您不是說了嗎？二十五個數字。」

「哦……」

是那句發自不安的露骨誘導啊——如果她是依據那句話鎖定解答範圍，或許是自己誤導了專家的推理也說不定——結納坂心情複雜。

就跟硬是牽強附會就必定能導出結納坂的名字一樣，故意把文章拆解分割搬來弄去，也不是不能掰出二十五個數字——可是，如果打不開保險箱，就什麼意義也沒有了。

結納坂想要的不是數字，而是名冊。

曾幾何時，他的心情已經來到「為了不讓緣淵白白送死，也必須打開那個保險箱」的境地，實在是愈發自私。

「所以呢？今日子小姐，你的答案是——」

「別急，因為區分解析手法的說明還沒有結束。」

今日子小姐像是要安撫著急的結納坂般說道——這暗號講座還沒完啊？他還以為能講的類型都講了，才正在心中鬆了口氣。

「解析手法⑤。可能是暗號本身就是錯的，或者是暗號不完整的情況。要解析這種暗號非常吃力——因為命題本身要是有漏洞，一本正經地求解是絕對解不開的。」

「有、有必要討論這種例子嗎？既然構成規則有誤，原本就沒得解釋了不是嗎……」

就像三大難題一樣——「無解」就是解答。

「如果只是單純弄錯或不完整，當然沒有討論的必要，也沒有探究的餘地，但如果那是編寫者意圖而為的謬誤，當然就應該納入考量吧。不僅是如此，甚至該說這點才是重點。截至目前說明了各式各樣的解析手法，其實早該拿出這一點來討論。」

意圖而為——是指故意的意思嗎？

有這種彷彿刻意找碴的暗號嗎——暗號難道不是為了被解開而存在的嗎？不，倒也不是不可能。不是死前留言，而是死前留難——莫非緣淵藉由留下毫無意義、卻又似模似樣的暗號，在九泉底下看著結納坂被耍得團團轉而暗自竊喜嗎？如果是這樣，那真是太沒品了，說不定一切都只是徒勞無功——結納坂只是被迫花了一筆不必要的支出。

而這個自稱是金錢奴隸的偵探，即使這暗號真的無從解析，想必也不會打折吧……然而，今日子小姐完全無視如此經營者的盤算，繼續接著說。

「至於為什麼要故意製作這種完成度很低、生不出答案的暗號，則是為了給藉由逐一驗證，偶然取得正確答案的人吃閉門羹。」

還真是有如我的天敵呢——她說。

嗯……並不是壞心眼或故意找碴，而是給吃閉門羹嗎？

「換句話說，如果是今時今日的電腦，遇上暗號這種玩意，只要逐一驗證驗算就能解開吧？即使是用質數來產生密碼的點子，也只是『需要花時間解開』而不是『解不開』吧？」

姑且先不論忘卻偵探口中的「今時今日」是什麼時候，由於她若無其事地說出這麼一段配合他時間軸的話，讓結納坂大吃一驚——可是在此同時，今日子小姐又補上一句宛如身在舊時代的台詞。

「像是二戰時的暗號，一旦解碼法則流入敵國手中，那後果可也是不堪設想了呢。」

今日子小姐那可以自由自在捲動時間縱軸的思維，讓結納坂不禁覺得此人彷彿視價值觀的變動如無物。

（這個人……會是以什麼做為區分「好事」和「壞事」的準則呢？）

大概是以金錢的多寡吧。

然而向錢看齊，畢竟是個從過去綿延至今的價值觀，而且如果有錢就好說話，在身為經營者的結納坂看來也算是容易駕馭。

「可是，把暗號做得不完整，為何就能防止機械式的全面解析呢？」

「因為人類能自行調節錯誤、補齊不全，但機械做不到。比如說緣淵先生留下的暗號所指的並不是二十五個數字，而是只有約一半的數字——您不覺得只要知道一半，就能猜測出剩下的另一半嗎？」

嗯……以比喻來說十分具體，但也讓人覺得還是有點牽強。明明只知道一半，怎麼可能猜得出剩下的一半……

「就像要編寫代表《源氏物語》的暗號時，刻意只寫出指向上半部『源氏』兩字的暗號，藉此故布疑陣那樣嗎……？」

結納坂以自己的方式理解，提出自己的比喻——光說到「源氏」二字，一般人會聯想到平家源氏的源氏。然而真正要指的是紫氏部的文學作品——需解析的不是暗號，而是解答。

可以說是兩段式的暗號。

面對電腦的逐一驗證時，兩段式密碼認證也似乎是有效的對策——託付於人性這點，著實是手法巧妙。即使解開了暗號，得到的也不是正確解答，而是錯誤的解答——對於結納坂來說，這手法實在太複雜，根本無從著手。

如果緣淵留下的死前留言屬於這種類型，不管是警察還是偵探，他把這件事交給專家的判斷都是正確的。

「那麼，今日子小姐，為了解開暗號的解析手法⑥……」

「啊，不，解析手法到⑤就結束了。」

今日子小姐一邊對急著想要切進主題的結納坂這麼說，一邊望向放在櫃子上的時鐘，確認現在時間——只是聆聽忘卻偵探解釋何謂暗號，就已經過了將近三十分鐘。

如果用來解開暗號的時間還不到十分鐘，光說明就花三倍時間也實在太無奈——但是接下來似乎總算可以聽到結論，這讓結納坂鬆了一口氣——要說是慶幸，也像是想要趕快解脱的心情。

因此他才沒注意到，她其實是很突兀地結束了解析手法分類的説明。

「我從結論開始説。」

如今才從結論開始説也太慢了吧。

「緣淵先生留下的三行詩，指的是十一個數字。」

「十一個數字？不是二十五個嗎？」

「不是，是十一個數字。」

今日子小姐斷言。

看她自信滿滿的態度——這麼說來，剛才那些具體到不行的比喻，果然是因為有現實狀況做為範本。

只是，居然不是二十五個數字而是十一個……別說是一半了，就連一半也不到。要從十一個數字推導出二十五個數字，怎麼想都太勉強。

那不是什麼不完整的暗號，也不是保險箱的密碼——他不禁懷疑，難不成緣淵寫下的，會是手機的號碼還是什麼的。

「不，我認為是保險箱的密碼喔。當然，不實際試著開開看，也不能確定真相究竟是如何。」

雖然不明白那種自信是打哪裡來的，既然偵探都這麼說了，結納坂想還是就姑且先聽她說說那十一個數字是什麼。

「我推測那首三行詩，原本應該是緣淵先生自己為了記住保險箱密碼而構思的……」

結納坂也這麼認為。如果謎底肯定是數字，那麼反推回來，的確做成暗號是比較容易記住——就像用數字諧音去記住電話號碼一樣。

「……你從剛才就一直說這是三行詩，這真的是詩嗎？如果是的話，就該像是解讀諾斯德拉達姆斯的預言那樣，文章本身就有其意義……」

但這是已經被排除的解析手法①——可是仔細想想，雖然諾斯德拉達姆斯的預言被解讀得超聳動，卻也是一個籃外大空心。

「不，我所說的『詩』並不是這個意思。不過，解析手法①倒也不是全然不能做為解開暗號的線索。」

「……？」

如果不是這個意思，那是什麼意思？結納坂很清楚，認識那麼久的好友並沒有吟詩作對的興趣，正因為如此，他才會第一時間就認為那不是絕命詞，而是暗號……

「不管是二十五個數字，還是十一個數字，只要知道暗號的答案是數字，就真的沒什麼了不起的呢……可以借我一枝筆嗎？」

因為她這麼要求，結納坂從記事本裡抽出中性筆，今日子小姐用左手接過，取下筆蓋，將緣淵的暗號——三行詩寫在挽起袖子的右手臂上。

與寫在左手臂的訊息相同的筆跡。比照片中緣淵的筆跡要來得容易辨識多了。

她該不會能左右開弓吧？正當結納坂想著這些雞毛蒜皮的時候，今日子小姐給寫在自己手臂上的那三行詩加了幾條斜線。

「這樣就好懂多了吧？」

「丸い／と／四角い／が／仲違い／
逆三角形／では／馴れ馴れしい／
直線／ならば／懐っこい」

「……？不，我完全看不懂……」

是要依照單字將句子切開嗎？縱然如此，他還是不明白她的用意——或許變得比較容易閱讀，但是感覺並沒有變得比較容易理解。

「……我剛才之所以用『三行詩』來形容，是因為這是『piem』呀。」

彷彿是為了給反應遲鈍的委託人一個下台階，今日子小姐又追加補充說明了一句。「piem」？什麼跟什麼？難道是「詩（poem）」的其他念法嗎？

不，等一下……piem？pi？

π（pi）？

「咦，所以這個是……圓周率？」

「沒錯。圓周率詩（piem）。也就是３．１４。」

今日子小姐嫣然一笑。

「也就是３．１４１５９２６５３５。」

7

まるい（３）／と（１）／しかくい（４）／が（１）／なかたがい（５）

ぎゃくさんかくけい（９）／では（２）／なれなれしい（６）

ちょくせん（５）／ならば（３）／なつっこい（５）

8

先從詩句裡切割出單字，再將單字裡的漢字發音轉換回平假名，接著計數各單字發音的假名數量……就能得到「31415926535」。

「諧音」算是極為接近的答案——實際上，日本人確實常用這招來記圓周率，把數字諧音整理成類似「山巔一寺一壺酒……」這樣的詩句來背誦。

而在英語圈裡，也聽過利用單字的拼音、字母數來背圓周率的方法——雖然結納坂是第一次聽到「圓周率詩（piem）」這個名詞，但他很快就聯想到，這恐怕就是用於指稱「為了背誦圓周率而寫的文章」的專有名詞吧。

緣淵只是改用日文來做這件事，說穿了的確沒什麼了不起的。

如此一來，即使拆解出來的數字只有不到一半的十一位數也足夠了——其實就算只有一半的一半也很夠了。

即使結納坂記得的圓周率僅到小數點以下四位數，但只要動手查一下，管他是小數點以下二十四位數還是一百位，馬上就能找到答案。

暗號不用設計得很精巧，只須讓每個單字發音的假名數量與圓周率的數列相符，大概能看出無法以「巧合」一句帶過的程度就夠了——約略能讓人想起保險箱的密碼是圓周率就行了——真要說的話，一切不過都是在好玩的範圍內，算是赤子之心的產物吧。

「倒也不盡然呢。該說是用心良苦嗎……刻意讓詩停在十一位數，而不是二十五位數的用心，只能說是太了不起了。再加上……」

「再加上？」

「再加上……沒什麼。」

結納坂不曉得她在打什麼馬虎眼，但是既然答案已經昭然若揭，他也認為小事就不要再計較。

身為實際認識緣淵的人，結納坂覺得今日子小姐對緣淵的評價也實在是過高了些——那傢伙只是單純想不出十一位以後的數字怎麼成詩吧。

「對了，今日子小姐，你知道圓周率的小數點以下第十一位和第十二位的數字嗎？」

「是8和9。」

那就沒錯了。

可說是讓「想不出怎麼成詩」這個假設板上釘釘。

要將八個音和九個音的日文單字自然地連接起來是不可能的任務。

「是呀。實際上，要用日文編寫出圓周率詩是非常困難的。雖說漢字是表意文字，也不是不能再把『丸い』拆開成『丸／い』、把『逆三角形』細分成『逆／三角／形』……但是坦白說，用諧音還比容易記。」

今日子小姐講話毫不留情面。

「不過，會用『圓的（丸い）』做為第一個單字，應該就是打算做為圓周率的線索才是——這點符合解析手法①。所以說，若是由直覺敏銳的人來看，只消兩秒就可以解開這個暗號吧。」

兩秒是講得誇張，不過這的確蘊含著提示——但也不能光是在這佩服。

而且，這個答案是否正確也還未可知。如果不實際親手把這組密碼輸入保險箱裡看看，仍然無法放心。

正當結納坂這麼想，準備從沙發上站起身時，會客室的門無預警地被打開了——是誰連門都不敲，這麼沒禮貌？回頭一看，竟是鈍磨警部。

知性眼鏡男。

鈍磨警部是緣淵良壽命案的調查主任，也是把忘卻偵探介紹給結納坂的人——然而今天的他，感覺跟以前來問案的他又完全不一樣。

想當然耳，鈍磨警部應該也是依循正當程序、完成參訪手續走進這間會客室的，但是警察卻沒有先約個時間就現身，顯然非比尋常。就連帶鈍磨警部前來的公司職員，也顯然一臉不知所措。

跟在鈍磨警部身後的那群人也都是刑警嗎……？他們的神色看來個個不尋常，至少完全無法讓結納坂感受到友善的氣息。

「是我事先拜託他們來的。」今日子小姐對於警方登場絲毫不為所動，開口說話仍是一派輕鬆。「是我拜託他們，如果我進了貴公司過了三十分鐘之後都沒有主動跟警方聯絡，就請到會客室來找我。」

（……？）

她在說什麼啊——這根本是比暗號還充滿謎團的告白。什麼跟什麼？

所以她剛剛之所以扯那些解析手法其之①呀②的就是遲遲不交代暗號的解答，其實是為了拖延時間嗎？

結納坂也覺得以她享有最快偵探的美名，卻九彎十八拐地講個沒完是有點怪怪的……說來她還一直注意著時鐘？是在等待警方的到來嗎？

為什麼？

……為了告發我嗎？

「你……你違反了保密協定！」

結納坂大聲叫嚷——雖然他很清楚再怎麼大叫大嚷，也改變不了什麼。

怎麼會這樣。

是自己太愚蠢了，竟然會相信什麼『絕對會遵守保密義務』的鬼話——仔細想想，即使是同樣具有保密義務的醫生，一旦有受刀傷或槍傷的人進來掛號，也有義務要向警方通報。

然而，結納坂卻一五一十地把名冊的事、緣淵的事全交代清楚——因為她說到了明天就會忘得一乾二淨——不，等等？

提到名冊是在今日子小姐進了這間會客室之後的事——她不可能因為要告發名冊的存在而「事先拜託他們」。

「我並沒有違反保密協定喔。違反的人是您——結納坂先生。是您——自己主動抖出了祕密。我可是乖乖遵守著協定，是你沒有保護好自己。」

今日子小姐一副事不關己，說著更讓結納坂摸不著頭緒的話。

——我到底做錯了什麼？如果偵探能夠「事先拜託」警方……那她察覺的就不是名冊的事，而是殺人的事？

可是緣淵的死前留言，明明沒有指向結納坂——

「只要有暗號，就算不是解答，也能揣測出題者的意圖。」

今日子小姐像是在解釋國語考卷的試題一般。

又或許像是在解釋法律條文一般。

「這個時候，應該要思考緣淵先生的動機——為何要寫下死前留言？至於圓周率呀密碼什麼的，其實都不是重點。」

「……？」

（什麼為什麼？不就是為了把密碼告訴身為好友的我嗎……）

難道不是嗎？

要說不是，還真覺得怎麼會不是——既然都解出了數字，就表象看來，也只能解釋成為了傳達密碼給自己以外無他，難道緣淵的意圖不在此嗎？

「要說我是推理小說看太多了也罷，但是照正常來想，死前留言這玩意兒，應該還是要看做死者用來指認兇手的訊息才對。不過，來自死者單方面的指認，的確也是缺乏證據效力呢。」

這時，今日子小姐望了鈍磨警部一眼——要說是互使眼色，那視線看起來倒是有點見外。

啊，說來。

因為是鈍磨警部把今日子小姐介紹給他的，所以結納坂很自然地把他們當成「共犯」，但是看在今日子小姐眼中，鈍磨警部也不過是今天「初次見面」的對象——忘卻偵探無法與任何人建立關係。

「所以緣淵先生不是用死前留言直接指出犯人——而只是留了下暗號。暗號答案本身根本不是重點，因為『暗號可以有無數的解釋』，要怎麼解讀都可以。但是……」

今日子小姐將視線轉向結納坂——那從鏡片內側看出的視線雖然平靜，卻依然讓人感覺有段距離。

有段遙遠的距離。

「結納坂先生，只有您對這個暗號有反應。」

「……！」

「由於您想確定暗號的解答，反而讓我們鎖定了您——這就是緣淵先生留下死前留言的意圖。我聽鈍磨警部說，只有您一個人對死者留下的三行詩有反應，也因此來委託本事務所調查，那時候我馬上就想到了——或許您就是殺害緣淵先生的兇手哪。」

留下暗號不是用來指出兇手。

而是用來凸顯對暗號有反應的人。

她是說緣淵那傢伙在瀕死之際，還能想到這種事嗎……結納坂雖然覺得荒謬，但這個解釋確實也是比較有說服力的「意圖」。

至少比起那個男人在瀕死之際，還有心想要回報這段友情——不計前嫌想要把密碼告訴殺死自己的兇手——那樣有夢最美的解釋更有說服力。

要真如此，結納坂去逼問警察、找偵探，自動自發忙個不停的結果，只是完全違反了名為「自保」的保密義務。

並不是來自被害人的告發。

這更像是加害人主動自白——等於是他自己率先為明明不具證據效力的死前留言背書。

並非在言談中露出馬腳，而是在解答時不打自招。

跟被朋友逼著自首無異。

（冷……冷靜下來。目前還沒有任何物證。鈍磨警部這樣失禮地闖進會客室，只是為了要對我施加壓力，不代表他已經拿到拘票——）

當結納坂這麼安慰自己時，今日子小姐總算緩緩起身，接著明知故問地如此說：「鈍磨警部，副社長室的保險箱裡好像有什麼違法的物品，你要不要聽聽結納坂先生的說詞呢？」

這句話毫無疑問地違反了保密協定——倘若她早就和鈍磨警部談妥了，那麼這個會談根本就像是臥底調查。

她是為了找出殺人的動機，假裝接受委託的——結納坂殺害緣淵的動機十分明確，一旦被鎖定是嫌犯，終究只是個外行人犯的案，他也不認為自己能夠挺得住肯定會比之前更凌厲的偵訊。

只能認罪。誰叫我中計了。

栽在緣淵——還有忘卻偵探手上。

只是，吃了好友這一記回馬槍，雖說能夠接受一切都是自做自受，但仍然會想對今日子小姐抱怨個一兩句。

「請不要用這種眼神看我哪，我才想抱怨好嗎？由於我這次並非是接到警方的委託來出動，這下算是做白工呢。」

「既……既然這樣……」

啊。原來如此。

所以她打從一開始，就沒有遵守保密義務的意思。她說過「只要該收下的東西有收到」，但要是「該收下的東西不能收」的話……

結納坂雖然已經理解，但還是不見棺材不掉淚。

「既然這樣的話，你把暗號解開不就好了嗎？何必要特地去揣測順應緣淵的意圖——」

「在聽聞違法名冊的存在之前，的確也有這個選項。可是一旦知道了，就不能裝作不曉得。我不是說過與我無關嗎？你的關係與我無關，你的感受我也無感。我不能收你的錢。」

語氣裡沒有絲毫怪罪之意，但也沒有一點求情的餘地。

今日子小姐搖搖頭，輕描淡寫地繼續說。

「我是金錢的奴隸。我相信金錢是神聖又美好的東西，值得尊敬與被愛，既美麗又眩目。所以——」

就像在訴說對於無依無靠又無法建立關係、一切的一切都是不安定的自己而言，唯有也僅有「金錢」才能做為她唯一的基準——乃是就算忘卻，也不會有任何改變的普世價值觀。

「這種髒錢，我一毛也不能收。」

9

接下來算是後話。警方最後還是以物理性破壞方式撬開「緣結人」副社長室裡的保險箱——忘卻偵探推理出來的二十五碼數字結果並非正確密碼，還是打不開保險箱。

透過事後解析，發現她認為「密碼是圓周率」的推理本身雖然沒錯，但是緣淵良壽所製作的暗號其實又更上一層。

「3000000000000000000000000」

這才是能夠解鎖、取出名冊的正確密碼——結納坂在拘留所裡，從律師口中得知這件事的時候，不由得面露苦笑。

（是啊……說來也曾有過說圓周率「大約是3」的時代哪……）

隨著縱軸與橫軸與Z軸的位置不同，答案會一再變動。

因此，那傢伙設計暗號不是為了傳遞正確答案，而是要誤導解析者。

（這就是「大約是」嗎……真是的，要告發別人還搞這套。）

就算找來的偵探能解得開暗號，也打不開保險箱——難道那傢伙全都為自己設想好了嗎？想到這，結納坂似乎睽違已久地感受到，緣淵做為友人的那份情義。

好壞暫且不論，但這還真是使他不禁莞爾——讓他承受不起的友情。

特別附錄

忘卻偵探相關報告

摘要集

游泳選手溺斃案報告

撰文：肘折檻鐵

死者——宇奈木九五

死因——電擊死

（前略）於是乎，忘卻偵探以不在場證明的證人身分涉入本案，嚴格說來，是以無法證明不在場證明的證人身分登場。這並不是偶然，是嫌疑人為了製造不在場證明，刻意利用年紀輕輕輕卻滿頭白髮，外表獨具特色的忘卻偵探所致。此舉大大使得案情變得複雜，產生很多不必要的麻煩，從這個角度來看，我等調查組或許該感謝自己如此幸運，能因此意外得以借助忘卻偵探的推理能力釐清案情。可是我也必須鄭重附帶說明，倘若嫌疑人沒找上忘卻偵探，而是找個普通人來製造不在場證明的話，當然想必也得花上一段時間來處理，但案情或許不會變得這麼複雜。雖說在調查的過程中堂而皇之地睡大頭覺實在是（中略）但是嫌疑人似乎從一開始，也有萬一苗頭不對就要遠走高飛的打算，所以忘卻偵探速度最快的調查，仍可說是對於拘提嫌疑人到案有極大助益。此外，由於好像造成很多誤解，特在此記上一筆，本人絕對沒有看到忘卻偵探穿泳裝（後略）

必要經費——交通費
甜麵包
高功率吹風機
便當
紅豆冰棒
泳裝（白色連身式泳衣）
委託費（含稅）

偵探時間——十三小時（內含睡眠時間）

#「Nashorn」試衣間命案報告

撰文：遠淺深近

死者——屋根井刺子

死因——遭鈍器重擊致死

（前略）到此總算要來提及協助本案調查的忘卻偵探。我想強調的是，接受署長的委託，以時尚知識顧問身分出現在案發現場的她，幾乎是獨力看穿事情的真相，鎖定嫌疑人並誘導其招供，順利解決本案。本人站在現場指揮者的立場，實在應該深刻反省。至於忘卻偵探對於密室命案之不同凡響的見解，則如同整理在本報告附件的內容所述，她的想法雖不見得可以套用於所有命案，或許僅僅是身為偵探的極端之見，然而在遇到走極端的案子時，可想見應該會有所幫助。畢竟所謂密室這個（中略）最後再補充一點，這次是我第一次見識到忘卻偵探的能力，雖然從頭到尾都只是受到她的協助，但若能讓曾經與她共同行動的我，以過來者角度提出嚴厲建言，我必須說應該徹底檢討用「擔任時尚知識顧問」這種與案件無關的藉口找她出來的做法。這樣做成本恐怕反而倍增。不如從一開始就讓她以偵探身分參與，還較能節省經費（後略）

必要經費——「Nashorn」服飾（連身洋裝、牛仔褲）

晚餐（義大利餐廳）

酒（自費）

委託費（顧問費用＋偵探費用）

偵探時間——八小時

「緣結人」副社長命案

撰文：鈍磨削

死者——緣淵良壽

死因——遭鈍器重擊致死

（前略）其後以自願配合到案說明之名目，對社長進行偵訊的結果，可說完全確定其涉嫌殺人。最終平心而論，我們這次或許還談不上是鋌而走險，但仍是走得相當冒險，即使這已經不是第一次，卻又感覺再度被忘卻偵探以花言巧語玩弄於股掌之間。說到「已經不是第一次」，忘卻偵探面對可能是殺人犯的兇手依然毫無懼色，還與其孤男寡女共處一室的行動力，也不過是一如往常。她這種兵行險著的行為一天不改，我們也只能一直配合她下險棋吧。本人沒有任何立場可以對罩著忘卻偵探的警察廳高層說三道四，然而若執意要這樣繼續推她出來，希望也能擬訂完善的安全對策，這是來自全體調查員的共同意見，惟請上級能確實體察。（中略）再補充一點供參考。「緣結人」在失去社長與副社長這兩大創辦人之後，縱使受到社會大眾的抨擊，但在留任公司的員工們通力合作之下，經營狀態如今已漸有起色。或許不同於兩個創辦人的認知，真正讓那家公司確實運作的不是他們，而是站在第一線的工作人員。（中略）此外，忘卻偵探這次難得免費幫忙，對我們而言，明白她也有顧及社會正義的本能，則是非常可喜的發現。可是話又說回來，這次要是萬一嫌犯先預付委託費給她的話，結果究竟（後略）

必要經費——無

偵探時間——四十五分

寫在最後

就像是誰都有把同樣話題講了好幾次的經驗一樣，我想大家都有聽人講好幾次同樣話題的經驗。這又可以分為兩種情況——①對方忘記以前講過。②對方記得以前講過。或許你會想哪可能會有②的情況，但若是重要或有趣的話題，會想再三提及也無可厚非。當然，也或許是由於上次聽眾反應不如預期使然。像這樣，想到講的人居然光講一次無法滿足，還忍不住一提再提，聽的人自然會想一聽再聽——實際上也會有「想再聽你說一遍上次那個」，或是覺得第二次會講得更好之類的因素吧。出乎意料傷腦筋的反倒是①，這可能會讓人覺得「若忘了以前講過，那內容會很重要嗎？」而吝於傾聽，甚至產生「連自己講過都忘記，講的人可能也不太在意吧……」的疑慮。然而，對照自己重複同樣話題之時的經驗，「忘記／沒忘記」和「重要／不重要」應該不是重點。雖然我們會有「人不會忘記重要事物」的成見，但是意外地人們會去記得一些可有可無之事，反過來卻把自覺重要的事忘光光。因此就談話禮節看來，無論實情是①還是②，即使察覺內容相同，都應當用首次聽聞的態度面對。①的真正關卡，其實是講者「話講一半卻想起以前講過」，於是被迫在以下選項裡二選一——①就此打住。②若無其事繼續把話說完。如果選①，讓人感覺暗指聽者也忘了，所以非得選②不可。這樣一來，明明雙方都記得，還得假惺惺地虛應故事。不過即使選①，仍有「聽者也忘記以前聽過」的可能——想那麼多，就更搞不清楚真相為何了。或許彼此都忘了曾經講過聽過，反而最相安無事吧。對了，我是第幾次講這些了？

總之，忘卻偵探來到第三集。第一、二章是寫第二集之前，於雜誌《梅菲斯特》連載的作品，第三章則是寫在第二集出版以後，有點複雜，但忘卻偵探應該早就忘了這些。看每一章的標題，會覺得偵探感挺強烈吧？能寫出各種風貌的今日子小姐很開心。謝謝閱讀《掟上今日子的挑戰狀》。

不能忘記的，是要向這次又把今日子小姐畫得這麼時髦的VOFAN，還有以最快速度出版最快偵探的文藝第三出版部的各位再三致上我的謝意。不只是對過去一切的感謝，還有對所有未來的感謝。

西尾維新

娛樂系 016

掟上今日子的挑戰狀

作者 西尾維新
譯者 緋華璃
責任編輯 林依俐
封面繪圖 VOFAN
封面設計 Veia
版型設計 POULENC
內文排版 高嫻霖
發行人 林依俐
出版 青空文化有限公司
台北市大安區敦化南路二段105號10樓
讀者服務信箱：service@sky-highpress.com
總經銷 大和書報圖書股份有限公司
電話 02-8990-2588
印刷 前進彩藝有限公司
出版日期 2016年7月 初版一刷
2023年1月 初版五刷
定價 260元
ISBN 978-986-93303-0-5

《OKITEGAMI KYOKO NO CHOUSENJOU》

國家圖書館出版品預行編目（CIP）資料

掟上今日子的挑戰狀 / 西尾維新著；緋華璃譯．
-- 初版．-- 臺北市：青空文化，2016.07
336 面； 10.5 x 14.8 公分．--（娛樂系；16）
譯自：掟上今日子の挑戦状
ISBN 978-986-93303-0-5(平裝)
861.57 105010027

青空線上回函